光阴如绣
蔓草生香

丁立梅 著

国际文化出版公司
· 北京 ·

图书在版编目（CIP）数据

光阴如绣，蔓草生香 / 丁立梅著. —北京：国际文化出版公司，2017.3

（香梅系列）

ISBN 978-7-5125-0922-1

I.①光… II.①丁… III.①散文集—中国—当代 IV.① I267

中国版本图书馆 CIP 数据核字（2017）第 029823 号

光阴如绣，蔓草生香

作　　者	丁立梅	
总 策 划	葛宏峰	
责任编辑	潘建农	
统筹监制	李　莉	
策划编辑	徐　妹　陈　静	
内文插画	度薇年　丛　威	
美术编辑	秦　宇	
出版发行	国际文化出版公司	
经　　销	国文润华文化传媒（北京）有限责任公司	
印　　刷	北京文昌阁彩色印刷有限责任公司	
开　　本	880 毫米 × 1230 毫米　　　32 开	
	8 印张　　　　　　　　　176 千字	
版　　次	2017 年 3 月第 1 版	
	2017 年 3 月第 1 次印刷	
书　　号	ISBN 978-7-5125-0922-1	
定　　价	39.80 元	

国际文化出版公司

北京朝阳区东土城路乙 9 号　　邮编：100013

总编室：（010）64271551　　传真：（010）64271578

销售热线：（010）64271187

传真：（010）64271187-800

E-mail：icpc@95777.sina.net

http://www.sinoread.com

自序

暗香

我爸给我取名梅。

一村人皆惊奇。因为，彼时村里的姑娘们，叫芳叫桃叫琴叫草叫锁儿纽扣的一堆儿，还不曾有人叫过梅。

我爸那个时候还年轻，初通文墨，喜弄笛弄琴，闲时爱读点诗书，与大字不识一个的村人们，自是有了不同。我呱呱坠地之前，我爸碰巧读到林逋的诗句"疏影横斜水清浅，暗香浮动月黄昏"，喜欢得很，觉得里面有雅趣。他见到我的第一眼，几乎没经大脑思考，就脱口而出说，这个丫头，就叫梅吧。

我很幸运地，拥有了一个暗地里生着软香的名字——梅。

乡下却少有梅树。至少，在我成长的年月里，没见过。

但乡人们对梅却不陌生。不但不陌生，还亲热得很，简直是拿它当至亲相待的。随便走进一家去，都能找出几"树"梅来。被面上印着呢。枕头上绣着呢。木头床的床头，也雕着呢。枝干一律的虬劲，上噙红梅朵朵。枝头上有时会站一只长尾巴的花喜鹊，那是喜鹊闹梅了。我总长时间地盯着那只喜鹊看，觉得那只喜鹊不同凡响。日常里，我所见到的喜鹊，也只会站在家门口的苦楝树或是老槐树上喳喳叫，做的窝也潦草得很，乱蓬蓬的，像懒媳妇好多天没梳洗的头。

我想象着与梅在一起的喜鹊。渴了，就喝梅花雪水解渴吧？《红楼梦》里，妙玉是拿这个招待宝玉、黛玉、宝钗的，那是她悉心收攒的梅花上的雪水，统共才收了一瓮，埋在地下五年，梅花的香魂，全融进雪水里了。梅花是雪，雪是梅花，哪里分得清了？清高玉洁的女儿家，在梅的跟前，也只剩谦恭。

也顶喜欢盖被面上印着喜鹊闹梅的被子。那上面的梅花无一朵不鲜艳，我伸手去摘，似乎就能摘下一朵来。又生出向往的心，想做那只站在梅树上的花喜鹊，日日闻香。

年画里，也多的是寒梅报春图。家家的土墙上，都张贴着那样一张，再贫瘠困苦的日子，也有香气弥漫，充满希冀。

到我念中学时，去了离家三十里外的老街上。老街上都是粉墙黛瓦，巷道弯曲悠长。寒冬的天，我打一户人家门前过，突然闻到一阵幽香。我从敞开的院门中，瞥见院子里一树的花，细细碎碎的红。我一惊，那不是梅花吗！

我站在那里瞎激动。那户人家家里没有动静，我亦不敢惊扰。好不容易等来一老街人，我拖住她寻问，她瞟一眼院内，说，是梅花呀。

我真感激她这么说。我吊着的一颗心，终归了位。

从此，我对那户人家充满好感。我常跑去那里看看，一个冬天，花都在凌凌开着，香气轻播。有妇人在梅树下拾掇着什么。有小女孩跳到梅树下，不知有什么好事情，惹得她眉眼间都是笑。她们都有着好颜色，浑身喷着香。经年之后，记忆每每翻到这一页，我的心，都忍不住柔软起来。这一页里，飘溢着梅香，满蓄着人世间的好情好意。

成年后，我走的地方多了，常与梅不期而遇。遇见，我必驻足，细细端详，内心激动，当故知重逢。

也多次去南京梅花山观梅。那里梅花品种多，有宫粉梅、朱砂梅、玉蝶梅、绿萼梅、七星梅，不一而足。是好女子千千万。徜徉在那样的梅海中，梅香一缕一缕，在身边轻拂，人也自觉静了，雅了。梅花的静，是骨子里的静。梅花的香，亦是骨子里的香。含蓄，内敛，自带风流。

我有好友，也是个爱梅的。她憧憬将来老了的日子，择一乡下小院而居，窗前，一定会植一树梅。我跟她打趣，我说，到时，我搬去和你同住。

我是爱着那样的窗，有着梅花映照梅香轻扰的窗。"寻常一样窗前月，才有梅花便不同"，这世上，因有着一缕梅香在，多生出多少活色生香的留恋啊。

丁立梅

Chapter 1
草世界，
花菩提

Chapter 2
许明天一个梦想

Chapter 3
让每个日子，
都看见欢喜

Chapter 4
与自己
和解

Chapter 5
幽幽
七里香

Chapter 1

草世界，花菩提

每一寸时光，原都是缤纷的

病中，整个人像被搁浅在沙滩上的鱼，每日醒来就想，这日子该如何消遣？

鸟叫声渐渐稠密，唧唧，喁喁，丰满着我的窗。冬天快走了，春天就要来了，鸟最先知道。鸟是天际间的灵。

客厅的藤椅上，阳光率先坐上去。我倚在房门口看，直直觉得藤椅上的阳光像一个人，一个装满甜蜜和热情的人，它在，便是明媚便是花开。

花架上的水仙，也真的开了。它捧出一颗鹅黄的、香喷喷的心，冲着阳光，昂昂然，很是骄傲的样子，仿佛在说，瞧我，有本事吧，可以开得这么好看这么香！

的确好看。"瓣疑是玉盏，根是谪瑶台"，说的是它。"仙风道骨今谁有？淡扫蛾眉簪一枝"，说的还是它。香就更不用说了，香得很水仙，不过几朵小花，就能染香一屋子。看着它，我总忍不住要惊奇，那么小的一朵儿，怎么就有那么大的能耐呢？掏出来的是香，再掏出来的，还是香。

我想起老家的凡芳来，一个矮小瘦弱的女人。女人天生的矮个子，个头只跟十来岁的孩子差不多。一生育有五个子女，男人中途殁了，那个时候，她最小的儿子还抱在怀中吃奶。村人们都以为她过不下去，劝她把孩子送人。她不肯，一个人在日子里摸爬滚打，养大五个儿女，且个个都养得生龙活虎的。五个儿女中，有四个念完大学，留在了大城市工作。村人们说起她，没有不敬佩的："那么瘦小的一个人，把一群儿女养得那么好。"

生命就是这么神奇的一件事，有时的弱小，却蕴含着巨大的能量，让人不容小觑。

我坐到藤椅上，和阳光相偎。这个时候，我很像一株植物，像花架上的水仙，像阳台上的瑞香和杜鹃。我对着这些植物笑，感觉它们也在对着我笑。我想起一个孩子说的话："我弹琴给花听，花便跳舞给我看。"孩子在家门口练琴，家门口长一大丛九月菊。每当他弹琴的时候，那些小花们听见了，便都跟着他的旋律舞起来。我信。生命与生命之间，一定存在着某条秘密通道，相互抵达，温暖，且欢喜。

隔壁人家的男人在刷墙，提了赫红的漆桶。男人常年在外打工，极少归家，想来他是想趁着这个正月空闲，好好装扮一下他的家。不过三间普通平房，瓦灰灰的，墙灰灰的，然在男人的眼里，它是他美好的家。赫红的漆，刷在灰灰的墙上，艳极。男人每刷几下，就退后几步看，很是满意的样子。他的样子，让我心中溢满感动，生命原是充满热爱的，贫穷一点又何妨？只要热爱，它一样是绚丽的。

　　手机响，跳出这样一条信息来："梅子，生病有时也是一种福，你可以一门心思地享受时光。你就趁着上苍给你的这次生病机会，好好享受吧。"我笑了。当病痛与我不期而遇，我终于让自己的脚步彻底慢下来，我可以长时间地听鸟叫，看花开。我可以花一整个下午的时间，与温暖的阳光偎在一起，看隔壁那个抹墙的男人，怎么把一面粗陋的墙，变得整洁起来华美起来。每一寸时光，原都是缤纷的，值得好好消磨与品尝。

种点什么吧，在春天

壹

种点什么吧，在春天。

就种几朵小花吧。就种两棵小树吧。就种一盆小草吧。或种瓜种豆。种葱种韭。

种等待。

有等待的人生，多么丰盈富足。等着等着，花就开了。等着等着，叶就葱茏茂密起来。小草成茵。瓜果累累。葱绿韭肥。季节里，还要怎样的好？

实在没什么可种，我们还可以种几片阳光，一点善心。

携着阳光前行，不漠视他人的苦痛。不嘲弄他人的缺陷和失误。心怀感恩与怜悯，在能伸手相助的时候，尽量伸出你的手。那么，这个世界，将会长出多少绚烂的美好。

贰

海边无人，空旷辽远。

几朵野菊花，在将绿未绿的茅草丛中，欢颜轻绽，清香暗播。

风来，它笑。云走，它笑。鸟叫声在远处啁啾，它笑。泥土在它身下喧腾，它笑。三五点艳黄，就把一个春天驮在身上。

你不知道它，有什么要紧呢？它在，便是满满一个世界。

向一株植物学习吧，在该绿的时候，拼命绿。在该盛放的时候，拼命盛放。你看见，或者没看见，它都在那里。天晴时绿着，开着花。天阴时，还在绿着，开着花。只要心中有晴天，便日日晴着。

叁

下班回家，偶抬头，被一个浑圆的春天的落日吓住。

隔着一些房屋，隔着一些树木，隔着一些河流，隔着一些山和溪谷，它像朵大红的木棉花，开在天边。

艳。惊艳。人一时半会动弹不了，只呆呆站立着，望着那朵"花"。眼见着它一点一点小下去，小下去，小成核桃。最后，像块糖似的，慢慢化了，天边绯红成海洋。

我的心里一边欢喜，一边疼痛。我不知道我为什么要疼痛。天地间有些美，真叫人承受不住，你没有办法的，你只能被它俘虏，融化。我想象着那种甜，似蔗糖，如奶油，浸得每一丝云彩，都变得黏稠。

黛色从四周涌上来，潮水一般的。而月亮已迫不及待出来了，一枚鹅毛在飘。又像宣纸上，描上了半朵白莲花。这时，天地间被一种奇异的色彩笼罩着。红也不是。黄也不是。青也不是。蓝也不是。却是炫目的，金碧辉煌。

白天和黑夜的交接，原是如此的隆重与华丽，妙不可言。

肆

晚上散步，路过一个小亭子，我走进去。

空气是暖的。树的影子，在地上晃。风浅淡得若有似无。透过树梢，我看到天上一个鱼丸子一样的月亮。音乐和人的声音，响在不远处，那是跳舞健身的人们。草的清香，树上嫩芽的清香，把一切衬得无比幽静，又无比甜蜜。

这个时候，我只觉得样样都是好的。春天是好的。树是好的。草是好的。月亮是好的。音乐是好的。跳舞的人们是好的。我也是好的。

因为我在这里，因为我没有错过，我感动得想落泪。

伍

柳该堆烟了吧？桃花快开了吧？乡下的麦子，已浩荡成绿波浪了吧？

母亲说，今年燕子又到家里来做窝了。

是吗！我高兴地说。微笑间，春天已盛装而来。

那么，许自己一段闲暇吧，在这个春天，去捡拾一些久违的小欢喜。蘸几声鸟鸣。拌几滴雨声。采几点新绿。喝一杯下午茶。或者，轻枕春风，听听花开草长的声音。看白云悠悠，荡过万里晴空。或者，就着黄昏，读一段童话。

是的，不管季节走多远，我也一定相信童话相信美好，不让心在纷繁芜杂中走丢。

春风沉醉

　　春风初刮起来的时候，也是急吼吼的，呼哧，呼哧。把刚刚开好的几树梅花，吹弹下无数的花瓣，洒落在刚刚返青的草地上，格外的红艳，像是谁特意布下的布景。

　　然刮着刮着，它就软了骨头。

　　满世界的珠翠摇红，如美人青丝飘拂，长袖曼舞。它实在吃不消这等温柔。

　　轻呀，再轻些呀。

　　暖呀，再暖些呀。

　　它不知不觉收敛起脾气，最后软化成水。

　　春雨下着，万物萌动。

　　以柔克刚，原来是这样的。

　　他是粗人一个。年少时，街上一帮小混混里，他是他们的头儿。走哪里，都跟只螃蟹似的，横七竖八着。街上人一提到张家老二，就都摇头。

父母骂过、打过，但成了形的钢，想扭转，难。闹得最凶的一次，父母去求警察，把他收去教育。警察苦笑，他也只是好斗好勇，但哪一样都挨不上法律的边，抓不了他。

他就这样长到二十来岁，留长头发，穿花衬衫，嘴上成天叼着支烟，吊儿郎当的，在街上游手好闲着。

然后，就遇见了她。

她是山东来的，租了他家的房，在他家楼下卖炒货，瓜子、花生、蚕豆，一袋子一袋子摆着，喷着香。他带了两个小喽啰，一摇三摆地下楼来，抓起她的瓜子就嗑，一边嗑，一边挑剔着说，都炒糊了。扬手一抛，一把瓜子撒了一地。

两个小喽啰也学他的样，说，糊了，糊了。嘻嘻笑着，抓把瓜子就往兜里揣。他转身，正要扬长而去，抬头，碰上她的眼。那双小鹿一样的眼睛，清澈，蓄着两汪湖水，很温柔很淡定地看着他，微带着一丝嘲讽的笑意。她朝向他摊开手，说，给钱吧，三把瓜子算你们半斤好了，五块钱。声音不高，但坚定。

他一时慌了神，怔怔的，脸上泅上了红晕。迅捷表现得又恼火，又讪讪，给了两个小喽啰一人一拳，低声喝道，谁让你们随便拿人家的瓜子的！赶紧掏出五块钱，递过去，说，对不起啊，我们闹着玩的。

街上人本是等着看热闹的，觉得这次他非要闹上一场不可，不掀翻掉整个炒货摊，就算是这个姑娘的造化了。大家都替她惋惜着，租谁家的房子不好，怎么租上这个混混家的了？

然这个混混这次非但没发作，还当场给她道了歉，爽快地掏出五块钱赔了。一街的人纷纷议论，大跌眼镜。

不久，他跑去剪掉长头发，并戒了烟，回家跟父母说，他要好好为人了，想买辆货车跑运输。

父母喜不自禁，双手合掌，喃喃道，不知什么感化了他。他们凑足资金，给他买了辆车，他很快跑起运输来，跑得稳稳当当的。每回跑完运输回来，他都首先跑去向她说一声，我回来了。他在她跟前，很腼腆地笑，温顺得像只小羊。与从前的张家老二，判若两人。

他和她，相爱了，结婚了。她不许他再跑运输，认为那很危险。他二话不说，就卖了车，在街上开了家小店，专门修理摩托车电瓶车。有小混混来找他去喝酒，他一口拒绝，说，老婆要骂的。她站他身边，也只是不言语，低头笑。他看着她，也笑，一副春风沉醉的模样。

天地万物，原是一物降一物的。

草世界，花菩提

初识它，是在一册诗书里。原是坊间小曲，被人吟唱。后被文人推崇，成词牌名，按韵填词，名扬天下。从远唐，一路逶迤而来，一唱三叹，缠绵旖旎。我仿佛瞥见，大幅的屏风，上面栖息着大朵的花，牡丹，或是芍药。屏风后，美人如水，怀抱琵琶，浅吟低唱着——虞美人。她葱白的手指，轻拢慢捻，一曲更一曲。月升了，夕阳斜了，美人的发，渐渐白了。

女人的年华，原是经不起寂寞弹唱的，弹着弹着，也便老了。

后来，我识得一种花，叶普通，茎普通，花却浓烈得让人惊异。血红，红得似天边燃烧的霞。单瓣，薄薄的，如绫如绸。它们在一条公路边盛开，万众一心。公路边还长了低矮的冬青树，里面夹杂着几株狗尾巴草。让人一喜，分明就是曾经的熟识啊！我停在那儿，等车。车迟迟不来。

那是异乡。我因了几株狗尾巴草，不觉异乡的陌生与疏离。又因了一朵一朵殷红的花，不觉等待的焦急与漫长。我的眼光，久久停在那些殷红上，它们腰身纤细，脸庞秀丽，薄薄的花瓣，仿佛无法承载内心的情感，无风亦战栗。很像古时女子，羞涩见人，莲步轻移。

询问一当地路人："请问，这是什么花？"路人瞥一眼，说："虞美人啊。"许是见多了这样的花，他不觉惊异，回答完我的话，继续走他的路。他完全不知，他的一句"虞美人啊"，在我心中，激起怎样的狂澜。看着眼前的花，想着它的名，远古的曲子，不由分说地，在我耳畔轻轻弹响：是李后主的"春花秋月何时了，往事知多少"；是周邦彦的"柳花吹雪燕飞忙。生怕扁舟归去、断人肠"；是纳兰性德的"残灯风灭炉烟冷，相伴唯孤影"；是苏东坡的"夜阑风静欲归时，唯有一江明月碧琉璃"。

人生最难消受的，是别离。是虞姬且歌且舞，泣别项羽。这个楚霸王最爱的女人，当年风光时，她与他，应是人成对，影成双。垓下一战，楚霸王大势尽去，弱女子失去保护她的翼。男人的成败，在很多时候，左右着女人的命运。她拔剑一刎，都说为痴情。其实，有什么退路呢？她只能，也只能，以命相送。传说，她身下的血，开成花，花艳如血。人们唤它，虞美人。

真实的情形却是另一番的，此花原不过田间杂草，野蒿子一样的，贱生贱长，不为人注目。然它，不甘沉沦，明明是草的命，却做着花的梦。不舍不弃，默默积蓄，终于于某天，疼痛绽放。红的，白的，粉的，铺成一片，瓣瓣艳丽，如云锦落凡尘。人们的惊异可想而知，它不再被当作杂草，而是被当作花，请进了花圃里。

有人叫它丽春花。有人叫它锦被花。还有人亲切地称它，蝴蝶满园春。——春天，竟离不开它了。

生命的高贵与卑微，本是相对的。纵使不幸卑微成一株杂草，通过自己的努力，也可以让命运改道，活出另一番景象。

睡莲

我以为贾鹏芳是个女人，且是个长发飘飘面若芙蓉的女人。导致我产生这样的误解的，是他的音乐。我是第一次听，他的专集《遥》。这是个很容易让人浮想翩翩的名，是山迢迢水渺渺的遥，是望不尽天涯路的遥。

而当音乐旋起，这遥，就成了一点青峰，半江残阳，数只寒鸥……心是二胡上的一根弦，不由自主地随着他，跋山涉水，起伏跌宕。我想，这世上，大概只有女人，才能把情，解读得如此细致。

后来看到他的照片，一袭白衫，戴金边眼镜，文弱书生的模样。旁配一段文字介绍：贾鹏芳，1958年4月生，二胡演奏家，中国音乐家协会、日本东洋音乐学会会员。不禁莞尔。

他的《遥》里面，我极喜欢的是一首《睡莲》，能把人的心揉碎。我怕听，又抵制不住想听。于是常于一些微凉的黄昏，或是夜晚，倾听。这个时候，红尘隔绝，只有一泓碧波，荡漾开来。波上散落绿叶点点，圆盘子似的。莲在叶间，风拂来，花轻轻绽开。瓣瓣粉红中，一点素白，上有露珠盈盈欲坠。是心事三两点，不可语。

又或是，月下女子，眉似剪剪风，眸中秋水暗涨，红烛泪落，长夜不成眠。这个时候，可以思，可以忧，可以哭，可以爱……怎么都可以的，折腾到倦怠，也还是一个人的独角戏。红尘里，什么最令人神伤？是门扉紧闭，等待中的那双手，迟迟没有叩响心中的寂寞。一样花开，到底为谁？

乐曲幽怨彷徨，美得冷艳。我想起童话里的睡美人，一朝睡去，纵有千呼万唤，她亦是不肯醒过来的。只等王子到来，在她唇上轻轻一吻，她沉睡的眼，才会张开。爱人啊，我等你，我等的就是你。那一刻，云不飘，水不流，天地亘古成永恒。

我亦想起遥远的童年，乡下，一个爱种睡莲的女子。她在一只水缸里养睡莲，花开的时候，会吸引了我们去看。我们看花，也看她。她有乌黑的长辫子，是我们向往的。她有甜蜜的大酒窝，是我们向往的。我们小小的心里，就有了这样的梦想，长大了，一定也要留像她一样的长辫子。后来，她恋爱受挫，于一个月夜，投河自尽。从此，她家再不见睡莲花。

今日，我于一曲《睡莲》中，想起她，想那时，她若躲过那一劫，会不会也有花好月圆？二胡幽幽，一枕清水。箫与钢琴的唱和，更使整首曲子，浸染了湿漉漉的哀愁。仿佛哪里伸出一双手来，就那么攫住你的心，你单凭乐曲沉浮，无能为力，只能眼睁睁看着自己陷进去，化作一朵睡莲花，于午时疼痛开放。

有些你以为忘记掉的往事，这时，不可思议地涌上心头，不可思议地，让你想哭。生命中的经历，它不是一袭风，吹过就吹过了，了无痕迹。而是岁月暗生的痣，不知不觉，就长在你的心口上。

跟着一朵
阳光走

那日，我正收拾书桌，突然看到一朵阳光，爬到我的书上。一朵小花似的，喜眉喜眼地开着。又像一只小白猫，蹑手蹑脚着。

我晃晃书页，它便轻轻动了动，一歪头，跳到桌旁的一盆水仙上。在水仙的脸上，调皮地抹上一层薄粉。后来，它跳到窗台上。跳到门前的一棵树上。树光秃秃的，冬天还没真正过去，这朵阳光却不介意，它在赤条条的树枝上蹦蹦跳跳。它知道，用不了多久，那里会重新长出叶来。那时，春天也就来了。

我的脚步不由自主地跟过去，我要跟着一朵阳光走。

阳光跑到屋旁的一堆碎砖上。碎砖是一户人家装修房子留下来的，被大家当作了晒台。有时上面晾着拖把。有时上面放着鞋子。隔壁的陈奶奶把洗净的雪里蕻，晾在上面，说是要腌咸菜。她半是骄傲半是幸福地说，她在省城里的儿媳妇，特别爱吃她腌的咸菜。

阳光在砖堆上留下了它的热、它的暖。它又跳到一小片菜地上。小菜地瘦瘦长长的，挨着一条小径。原先是块荒地，里面胡乱长些杂草，夏天蚊虫多，走过的人都速速走开，漠然着。后来，不知谁把它整出来，这个在里面栽点葱，那个在里面种点菜。还有人在里面栽了一株海棠。阳光晴好的天，海棠花凌凌地开了，一朵一朵，红宝石似的，望过去特别漂亮。大家有事没事，爱凑到这儿，看看葱，看看菜，赏赏花，彼此说些闲话。

谁也不曾留意，阳光已悄悄地，跳到了人的心里面。

现在，这朵阳光继续着它的行程。它走到一片绿化带上。绿化带上有树、有草，也有花。草枯了，花谢了，然不要紧的，它会唤醒它们。我似乎听到它的耳语：生命还会重来，美好就在前面等着。

人是怀抱着希望在这个世上行走的，植物们何尝不是？

树是栾树，叶掉了，枝上留着一撮一撮干枯了的果。我伸手够一串，剥开，里面黑黑的珠子跳出来，和这朵阳光热烈拥抱。我想起有关栾树的记载，说是寺庙多有栽种，用它们的果粒来穿佛珠。

尘世万物，本就存了佛心的。

一只小鸟，在路边的草地里跳跃。它的嘴巴尖尖的、长长的，一身斑斓的毛。奇的是，它的头上，长了两只小小的角。我不识这是什么鸟，这无关它的欢喜安乐。它的头，灵活地东转西转、东张西望，仿佛初来乍到，对周遭的一切好奇极了。

这朵阳光，跳到小鸟的脚边。小鸟一定感觉到了，它低下头去啄食，一上一下，一上一下，怎么啄也啄不完。天空高远，草地温暖。

我微笑起来，干脆在路边坐下来，看小鸟，看阳光。阳光照强大也照弱小，阳光善待每一个生命。我们要做的，唯有不辜负，不辜负这朵阳光，不辜负这场生命。

有美花一朵，向晚生香

　　朋友说，她家小院里的桃花开了。她是当作喜讯告诉我的。"来看看？"她相邀。

　　自然去。每年的春天，我却是要追着桃花看的。春天的主角，离不了它。所谓桃红柳绿，桃花是放在第一位的。

　　桃花勾人魂。它总是一朵一朵，静悄悄地，慢条斯理地开，内敛，含蓄。虽不曾浓墨重彩地吸人眼球，却偏叫人难忘。是小家碧玉，真正的优雅与风情，存在骨子里。

　　看桃花，总不由自主地想起一首写桃花的诗："去年今日此门中，人面桃花相映红。人面不知何处去，桃花依旧笑春风。"诗人崔护，在春风里，丢了魂。邂逅的背景，真是旖旎：草长莺飞，桃花烂漫，山间小屋，独门独户。桃花只一树吧？够了。一树的桃花，嫩红水粉，映衬着小屋。天地纯洁。诗人偶路过，先是被一树桃花牵住了脚步，而后被桃花下的人，牵住了心。

姑娘正当年呢。山野人家，素面朝天，却自有水粉的容颜、水粉的心。她从花树下走过，一步一款款。他看得眼睛发直，疑是仙子下儿来。四目相对的刹那，心中突然波澜汹涌，是郎情妾意了。三月的桃花开在眼里，三月的人，刻在心上，从此，再难相忘。翌年之后，他回头来寻，却不见当日那人，只有一树桃花，在春风里，兀自喜笑颜开。

这才真叫人惆怅。现实最让人无法消受的，莫过于如此的物是人非。

年轻时，总有几场这样的相遇吧。那年，离大学校园十来里路的地方，有桃园。春天一到，仿若云霞落下来。一宿舍的女生相约着去看桃花，车未停稳，人已扑向花海，倚着一树一树的桃花，笑得千娇百媚。猛抬头，却看到一人，远远站着，盯着我看。年轻的额头上，落满花瓣的影子。我的血管突然发紧，心跳如鼓，假装追另一树桃花看，笑着跳开去。转角处，却又相遇。他到底拦住了我问："你是哪个学校哪个班的？"我低眉笑回："不知道。"三月的桃花迷了眼。

以为会有后续的。回学校后，天天黄昏，跑去校门口的收发室，盼着有那人的信来，思绪千转万回。等到桃花落尽，那人也没有来。来年再去看桃花，陡然生出难过的感觉。

还是那样的年纪，去亲戚家度假。傍晚时分，在一条河边徜徉。河边多树、多草、多野花，夕照的金粉，洒了一地。隔河，也有一青年，在那里徜徉。手上有时握一本书，有时持一钓竿，却没看见他垂钓。

一日，隔了岸，他冲我招手，"嗨。"我也冲他招手，"嗨。"仅仅这样。

后来，我回了老家。再去亲戚家，河还在，多树、多草、多野花，夕照的金粉，洒了一地。却不见了那个青年。

还是感谢那些相遇，在我生命的底色上，抹上一朵粉红，于向晚的风里，微微生香。青春回头，不觉空。

真想，在桃花底下，再邂逅一个人，再恋爱一回。朋友说："你这样想，说明你已经老了。"

"是吗？"笑。岁月原是经不起想的，想着想着，也真的老了。年轻时的事，变成花间一壶酒，温一温唇，湿一湿心，这人生，也就过来了。

我想养一座山

去南京参加一个会，有幸入住山中。山的名头很响，叫紫金山，又名钟山。它三峰相连，绵延三十余公里，形似巨龙腾飞，因而自古就有"钟山龙蟠，石城虎踞"之称。

会议结束得早，我有大把时间，可以把山看个究竟。为此，我特地跑去宾馆前台买一双布鞋，换掉脚上的高跟鞋。

我向着紫金山的纵深处去，也无目的地，也不担心迷路。我只管跟着一枚绿走。跟着一朵花走。跟着一只虫子走。跟着大山的气息走，那种清新、幽静又迷人的。

春末夏初，满山的绿，深深浅浅，搭配合宜。你仿佛看到，那里有只手，正擎着一支巨大的狼毫，蘸着颜料在画，一笔下去，是浅绿加翠绿。再一笔下去，是葱绿加豆绿。间或再来一笔青绿和碧绿。人走进山里去，立即被众绿们淹没。哎呀——你一声惊叫尚未出口，你的心，已被绿攻陷。

这个时候，你愿意俯身就俯身，愿意张嘴就张嘴，愿意深嗅就深嗅。眼里嘴里鼻子里，无一处不是青嫩甜蜜的。浊气尽去，身体轻盈，自我感觉就倍儿奇异起来，觉得自己变成了一朵花、一棵草、一只小粉蝶、一枚背面好似敷着珍珠粉的绿叶子。

倒伏的已枯朽的树木，居然也披上了绿衣裳。我看到它的枝头有新芽爆出，亦有小草们在它身上，兀自茂密成片。我想起曾在某个古镇看到的一奇观，一棵遭雷劈火烧的银杏树，经年之后，在它枯死之处，竟又长出一棵蓊郁的银杏来。

生命的奇迹处处皆有。有时候，你以为你已走到山穷水尽了，其实不然，奇迹就等在下一秒。

我弯腰跟一些小野花打招呼。半坡上，它们在杂草丛中蹦蹦跳跳，浅白的一朵朵，像萝卜花，又形似七里香。真是惭愧，我叫不出它们的名。那也没关系的，我就叫它们山花吧。

有虫子劈面撞我一下，跑到我的眼睛里。是山风调皮了，还是虫子自个儿调皮了？我轻轻拂去那只小虫子，我不生气。这是它们的家和乐园，我才是个入侵者。

鸟的叫声，跟细碎的阳光似的，在树叶间跳跃，晶亮得很。小溪边，迎春花还残留着些许的黄，青枝绿叶之上，那些黄，像闪烁的眼睛。更像心，不肯轻易撤离这春天。

一座木桥，很轻巧地搭在小溪上。桥的这边是流水，桥的那边也是流水。水边迎春花们手臂相缠。一只黑色镶紫边的蝴蝶，翩然飞来，它停歇在木桥的栏杆上，不走了。它伏在栏杆上，认真地嗅和吮吸。

我看着它，"扑哧"笑了。想这蝴蝶真是傻，这硬邦邦的木头，有什么好吮吸的！

可我看着看着，就有了冲动，我想学它的样子，把脸也凑到栏杆上去闻一闻，深深的。山里的哪根木头上，不浸染着花草的香气，还有水的清冽甜美？蝴蝶才不傻呢，它知道哪里的味道最地道最纯真。

旱蛙的叫声，在一丛青青的菖蒲下面。也就那么断续的一两声，像试嗓子似的。满山的绿，因这活泼的一两声，轻轻地抖了抖。天空倾下半个身子来倾听。没有谁知道，天空已偷偷用这大山的绿，洗了一把脸，望上去，又洁净又碧青。

一老人从山上下来，健步如飞。想来他常年在这山上走着，脚上的功夫了得。他走过我身边，笑笑地看我一眼，矍铄的眼神，跟蚕豆花似的。尔后，远走，身影很快没到一堆绿后头，清风拂波一般。

日头还早，我倚着山，坐下来，幸福地发呆。突然的，我想养一座山，一座小小的山。有树木环绕。有溪水奔流。花草满山随意溜达，它们喜欢哪儿，就在哪儿扎根。还有数不清的虫子，自由出没，互相串门儿玩。有蝴蝶翩翩然。当然，不能离了鸟叫和蛙鸣。

我们每个人的心中，都可以养上这样一座山的吧，适时地避开车马喧闹世事纷争，还自己些许清宁明澈。

在菊边

壹

新搬进的房，可以接纳大捧的阳光。

阳台上有。房间里有。转一圈，看到吃饭的餐厅里，居然也有一束阳光，像朵花似的，绒绒的，开在我的餐桌上。那是后面人家的窗玻璃反射过来的。

我坐进书房里写字，阳光悄悄跟进来，趴在我的脚面上。像只听话的猫。它不言不语。我也不言不语。有时，心灵的懂得与相知，语言便成了多余。

我写一会儿字，看一下它。再写一会儿字，再看一下它。我觉得它笑了，我便也笑了。

我很享受这种寂然的欢喜。

贰

去看最深的秋。再不看，又得等一年了。人生经得起几番秋去秋来？所以，不等。

穿一件新买的红格子外套。很乡村的味道。这种味道，最适合我。不饰不装，如庄稼。

好吧，来世，就让我做一片庄稼吧，小麦，或是水稻。我将在黑色的泥土里，由一粒小小的种子，成长为丰收的金黄。

这样的生命，真的很丰富。

秋在那里。

在滩涂上。在林子里。

万亩银杏，寂然在风里。

一树一树累累的果，像镶了一树金黄的珠子。谁知道它内里的香软？

没人采摘，任由那些果实一径落下。地上果实和落叶，缠绵在一起，生生世世的样子。

我倚着银杏树拍照。每一棵银杏树，都是看客。我试图端出我最美的样子，给它看。我笑得真心实意。我笑得欢畅开怀。我笑得无忧无虑。

风有些大，却不感到冷。怎么会冷呢？这么多银杏树，等我在这里啊。我从这棵，跑向那棵，再跑向另一棵，再再另一棵。我们相视，没有一句话。

要语言做什么呢？有这颗滚烫的心，就够了。

我捡拾了很多的银杏果。吾乡人又称它白果的。我觉得白果这叫法好，白白的果子，又直白又形象。它内里的核晒干了，的确白净得很。从前我奶奶形容小脸的女孩长得好看，她总会这么说，哎呀，那孩子生得多好，长了一张白果脸呀。

现在，把它用水泡软，去外皮，用纸包上，放微波炉里转上一两分钟，便是香软的小吃食了。

我提着一袋的银杏果，像提着这个秋天最华美的馈赠。我要一天吃上几颗。从今往后，我的每一个日子，都将是香软的了。

叁

怎么也没想到会遇到那些菊。那真是意外的惊喜。

我只是偶然路过。

菊开在林子里，开在一棵一棵的白杨下面。

不是一朵。不是两朵。不是三朵。而是一地，一地，再一地。朗朗的，望不到尽头。

我左右环顾，寻找主人。

哪里有？漫长的海堤，少有人烟。连过路客也很少。

它是寂寞开无主。

可是，这有什么要紧？花开与不开，完全是花的事。

我看了这朵看那朵。颜色也就黄，和白。素洁的，却又是绚丽的。你开你的，我开我的，不吵不闹，一律顶着一张笑脸。

曾听过一首《在梅边》的歌。歌词写得乱七八糟，却有一句记在心上：在梅边落花似雪纷纷绵绵谁人怜。

那么，在菊边呢？在菊边，眼眼都是绚丽的欢喜。

低头轻嗅，有浅香钻入肺腑。没有一朵菊是愁苦烦闷的，那是因为，菊的心里，住着芬芳。

光阴如绣，蔓草生香

壹

买来的生姜，忘了吃它，它兀自在塑料袋子里，长出芽来。哦，不，不对，那不是芽了，它有枝有叶，绿意盈盈，简直就是一株植物的模样了。

我把它移到花盆里，对它说，亲爱的姜，你长吧，按你自己的心意，长成你想要的样子。

我听见它的欢笑。

是的，生命中，能按自己的心意生长，是件多么愉快的事！

同样这样长着的，还有红薯，还有绿豆，还有葱。

亦是忘了吃它们。它们就悄悄地退到一边，发芽，抽茎，长叶，端出一捧的绿来给我看。

时光大度而宽容，足够一个小生命，编织出属于它自己的梦。

贰

早起，去看昨天开着的那朵扶桑。只一朵红，缀在我的窗台上，明艳得像红唇。楼下走过的人，抬头，都能看得见。

他们问，什么花啊，那么红！

我欢喜地答，扶桑啊。

现在，它已萎了。

生命的灿烂也只是一日工夫。但我知道，灿烂不在时间的长短。我已记住了它的模样。昨天的风也记住了。云也记住了。鸟也记住了。

昨天的云，落满窗。一只鸟儿，停在我的花旁，啁啾了大半天。

叁

紫薇的花开得茂盛极了。小城的路边都是，或红或紫，或蓝或白。一撮一撮，拼尽颜色，不藏不掖，有着傻傻的热情。看着它们，本是清素的心，也变得灼热起来，想笑，想爱，想对这个世界好。

还有木芙蓉和木槿，也是赶着趟儿地开。

还有合欢。已是秋了，它们居然还在开着花，柔情不减。

我在合欢树下走。我踮着脚尖，朝它们的花朵伸出鼻子去。旁边有人不解，看我。我说，香。那人也把鼻子凑过去，脸上有了笑意。

合欢的香，是小儿女的体香，那种浅淡的甜。让人的心发软。

还有一种树的叶子也极好闻，像薄荷。我每每走过它身边，都会去摘上两片叶子，放口袋里。

肆

喜欢在黄昏时，出门去。

这个时候，万物都着上了温柔色，无一不是好的。

天上的云，开始手忙脚乱地换装，在太阳离去夜幕降临前，它们总要来一场大型演出。赤橙黄绿青蓝紫——云的演出服，可真是多得数不清。

换好装的云，疯跑起来。不过眨眼工夫，它们就都汇聚到天边。天边的色彩变得繁复起来，斑驳得如同堆满了油画。又是奢华的、变幻莫测的。云的舞姿，实在太出神入化，曼妙得叫夕阳都融化了。

人不知道，他是多么有福分，每天都能欣赏到这样一场隆重的演出，且是免费的！人总是急急地往前赶、往前赶，硬生生错过了多少这样绚烂的黄昏。

我不急。我遇见了，必停下脚步，把它们看个够。

生命中的遇见，如此有限，这个黄昏走了，也便永远走了，不可再相见。然浮世的追逐，却是无限的，得失名利，哪有尽头？用有限，去换无限，那是顶不划算的事。我不愿意。

我愿意把我生命的三分之一匀出来，交给光阴，只为听听风吹，看看花开。只为在这样的黄昏底下，携一袖清风，看看云的演出。

伍

想在白云垛上种点什么。

那真是一垛一垛的白云垛，它们一个挨着一个，随意而又散漫地席蓝天而坐。像丰收过后，晒场上蹲着的棉花垛。又像小时的我们，托着下巴，在田埂上坐着，等着谁给讲故事。

谁给它们讲故事呢？又会讲一个怎样的故事呢？

——我多想知道。

是不是关于小花和小蚂蚁的？是不是关于青草和羊群的？是不是关于溪水和小鱼的？

我想在那白云垛上，种上草。嫩绿的、翠绿的、青绿的、碧绿的草，配上这样的白，多么相称。风撑着青草的长篙，以云为舟，自由来去。真个是光阴如绣，蔓草生香。

我的「瓦尔登湖」

　　十多年前，跟那人回他的老家，偶经过海边森林，我被那无边无际的林木，惊着了。杉树、杨树、银杏，不一而足，都是成片成林地长着的。还有大片大片的竹海。那之前，我一直以为森林离我远着的，它应该远在某座大山里，远在西双版纳那样的地方。

　　后来得知，这个森林，是20世纪60年代，下放来此的上海、苏州、无锡的知青们，开垦荒地，一锹一土给挖出来的。每一棵树、每一片叶子里，都有着从前的青春热血，和一些说不清道不明的情绪。它是属于记忆的。

　　从此，心里有了记挂。每隔些日子，烦躁了，郁闷了，空落了，我会对那人说，去看看森林吧。于是我们一路向着海边去，百十里的车程，也便到了。

　　我徜徉在那些杉树林里。枝叶筛下点点日光，水波一般，而我，是水里面快乐游弋的一条鱼。或者，穿梭在绿得像绿水晶一般的竹林里。我被绿染得青翠通透，我是绿莹莹的一个人了。那会儿，我总疑心我是到达了某个海底。

有一次，我们还意外撞到一块野葵地。无数朵野葵花，寂静无人地开着。白色的飞鸟出没其间。旁有小河静静卧着，河水缓缓流淌。河面上，野鸭几只，凫游着，亦是静静的。

还撞到一间小茅屋，在竹林的顶端。是守林人的。他在屋门前，刨着一小段木块，说是要做个灯笼。一人，一狗，几只鸡。有扁豆花兀自在茅屋顶上，开得静悄悄的。那样的静好，是前世今生，是地久天长。它让我生了贪恋，要是能住在那里就好了。当这种欲望越来越强烈时，我开始着手实现它。

我搁下手头在做的事。我不带电脑，只带着一颗心，和一本书，奔了森林去。书是木心的。木心说，文字的简练来自内心的真诚。"我十二万分地爱你"，就不如"我爱你"。多么简单有趣的一个人！我想说的是，生活的简练也来自内心的真诚。你过着怎样的生活，有时，取决于你的内心。舍弃一些繁复与牵绊，其实并不难，难的是，你有没有真心想舍弃。

梭罗因厌倦城市的混沌污浊，一口气跑到远离尘烟的瓦尔登湖，在湖畔筑小屋独居，一住就是两年多。在那两年多的时间里，他和湖水、森林对话；和飞鸟、虫子交朋友；观看小蚂蚁们打架；晨迎朝霞起，暮送夕阳归。并在他的小木屋四周，开荒种地，自给自足。完全回归到大自然，成为大自然之子。

每个人的心中，都有一个"瓦尔登湖"的。

我的"瓦尔登湖"，就是那个海边森林。它在我的东台。它在黄海之滨。

花香
缠绕的日子

要集体搬去新校区了。

大家齐聚老校区，热热闹闹地拍照留念。我悄悄一个人，在校园里各处走了走。我走得很慢很慢，每一步里，都有着从前的影子。

十二年，整整十二年，我在那里。

在那里，我结识最多的，是花。春天，图书楼西侧的榆叶梅开得噼里啪啦。围着墙角一圈儿的葱兰，慢慢儿的，也都开花了。最初看到那一朵一朵小小的白，低到尘埃，不声不响地开着，我真的很意外。想它们才是花中君子，守得住清贫孤寂。

办公楼前面是草坪。草坪的四周，都被花环抱了。鸢尾的花，是浅紫的，像大翅膀的蝴蝶。一度，我误以为它是蝴蝶兰。虞美人的花，是踮着脚尖开的，婷婷着，花瓣儿薄绸子一样的。我喜欢采几瓣，夹在书里面。我在教室里讲课，讲着讲着，翻开一页，看到那瓣"薄绸子"，会会心地笑上一笑。打碗花是野生的吧？浅粉的小喇叭，一朵朵，跟精致的小酒盅似的，盛着日光的酒。月季的花，丰腴而妖娆，极有贵妃派头。我从那里经过，敌不过它的诱惑，凑过鼻子去，闻上一闻，满衣袖都沾着它的香。

通往教学楼道路的两侧，更是花们的天下。二三月份，水仙花开得茂密。我是第一次看见水仙花长在土里面，又朴实又活泼，有种娇俏在里头。四五月份，红花酢浆草开花了。粉红的小花朵，不过指甲大小，却层出不穷，一开一大片，像铺着花地毯，特别招惹小白蝶。小白蝶们成群结队飞过来，好似又开出些白的花来。

茑萝开花了。花朵镶在细细的藤蔓上，跟小星星似的，文气得很。看到它，我总要想到《诗经》中的句子"茑为女萝，施于松柏"。当然，此花非彼花。但还是有着渊源的，因形态的相像，它把茑与萝的名字合二为一。

不得不说一下教学楼一侧的紫藤花廊。四月里，紫藤花开。那一条花廊，美得像吴冠中的画。画廊下，常有孩子们的身影在晃动。花映着孩子们的脸，孩子们的脸映着花，让人好生羡慕那样的时光，青春无可匹敌。

教学楼的东侧，有河，南北走向。河边树木森森。春天，一两树桃花，傍河而开。一枝枝艳粉的花，探到水里面。我会在那里流连忘返，想着醉倚桃红，亦是人间一大乐事。

紧接着，樱桃花该开了。结香该开了。凌霄花该开了。荷花玉兰该开了。七里香该开了。翠竹浓荫，我在楼上上课，稍一低头，便会闻到一阵一阵的花香。是荷花玉兰，或是七里香的。我和孩子们在花香里读书，书上的每个字，都是香的了。

秋天的校园，也是好看的。沿河的法国梧桐，叶片儿慢慢染上淡黄、金黄、褐黄，斑驳得像油画。花坛里的小雏菊们，争先恐后挤挤挨挨地开了花，粉紫、深红、橘黄、莹白，颜色缤纷，总要开到初冬才作罢。

艺术楼墙上的爬山虎，叶片儿也渐渐变红了。在白的瓷砖上，尤为耀眼。一面墙上镶着那样的一两棵，美好得像宋词。

桂花隆重登场了。这花甫一盛开，就是满校园沸腾。香哪，香得四处乱窜。那些日子，我们走路都是一步一香的。上课也是。看书也是。**我每在黑板上写一个字，每翻一页书，每说一句话，都有香气缠绕不休。**

冬天，有蜡梅花开。那一年大雪，我在教室里上课，腊梅花的香钻进鼻子里来，逗引得人心旌摇荡。哪里还上得下去课呢！我对孩子们说，不上课了，我们去雪地里玩吧。我就真的领着他们去雪地里玩了。我一边找寻着雪中的蜡梅，一边看孩子们在雪地里奔跑，他们欢笑的样子，像雪，散发出晶莹的光芒。

写到这里，一个词突然漫上心头，那个词，叫怀念。

是啊，真怀念啊。

冬天的树

在冬天，我常常不由自主地会为一棵树停下脚步，一棵掉光叶的树。

那棵树，或许是棵银杏。或许是棵刺槐。或许是棵苦楝。或许是棵桑树。它们一律的面容安详，简洁清爽，不卑不亢，不瞒不藏，坦露它们的所有。没有了蓊郁，没有了喧哗，没有了繁花灼灼、果实丰登。可是，却端然庄严得叫你生了敬畏和敬重。

偶尔的鸟雀，会停歇在它裸露的枝条上，把那当作椅子、凳子，坐上面梳理毛发，晒晒太阳。它也总是慈祥地接纳。

风霜来，它接纳。

雨雪来，它接纳。

岁月再多的涛光波影，也难得撼动它了。它在光阴里，端坐。鼻对口，眼对心，如"打禅七"的禅僧。

智利诗人聂鲁达说，当华美的叶片落尽，生命的脉络才历历可见。一棵冬天的树，很好地诠释了这句诗。

它让我总是想到那次偶遇：

是在南国小镇。年老的阿婆，发髻整齐，穿着香云纱的衫裤，端坐在弄堂口。风吹过去，吹得她的衫裤沙沙作响。人走过去，花红柳绿地摇曳生姿。她只端坐不动，与世界安然相对，榆树皮似的脸上，不见喜悲。

年轻时的故事，却是百转千回层层叠叠。家穷，兄妹多。那年，她不过才十一二岁，就南下南洋打工。所得薪金，悉数寄往家里。一段日子的苦撑苦熬，兄妹们终于长大成人。她从南洋返回后，自梳头发，成了一个立誓终身不嫁的自梳女。

那个年代，女性的地位低下卑微。走出家门的女性，独立意识开始苏醒，不甘心嫁给婆家，受虐待受欺侮。于是，她们像已婚妇女那样，在乡党的见证下，自行盘起头发，以示独守终身，这就成了自梳女。做了自梳女的女子，若中途变节，是要受到重罚的。轻则会遭到酷刑毒打，重则会被装入猪笼投河溺死。死后，其父母还不得为其收尸葬殓。

可是，爱情的到来，犹如春芽要钻出土来，四月的枝头花要绽放，哪里压得住！她爱了。

被吊打，被火烙，还差点被沉了河，她依然矢志不渝，只愿和心爱的人能生相随，死相伴。

她最终被乡党逐出家园。爱的那个人，却始乱终弃。她当时已怀有身孕，一个人流落他乡，养蚕种桑，独自把孩子抚养长大。

她拥有一手传统的好手艺，织得香云纱。九十多岁了，自己身上的衣，还是自己亲手织布，亲手漂染，亲手缝制。

　　人们把她的一生当传奇，对她的往昔追问不休。她只淡淡笑着，不言不语，风云不惊。

　　是啊，还有什么可惊的呢！就像一棵冬天的树，已历经春的萌动，夏的繁茂，秋的斑斓，生命的脉络，已然描摹清晰。别再去问活着的意义，一生的所经所历，便是答案。

　　这个冬天，我陪朋友逛我们的小城泰山寺。寺庙跟前，我看到一棵苦楝树，撑着一树线条般的枝枝丫丫，斑驳着日影天光。如一尊佛，练达清朗。我们一时仰望无语。且住，且住，这岁月的根深流长。

Chapter 2

许明天一个梦想

许明天一个梦想

我妈要扩种两亩荠菜地。

她信心百倍地对我说，等这两亩地上，全种上了荠菜，我可发大财了。

万物在变，荠菜——这种过去纯粹的野菜，现在，也被广泛种植了。

我可惜着那种挑荠菜的野趣没了。小时，一入春，乐事里有一大件，就是去寻荠菜。田间地头，到处都晃动着我们的身影，眼睛盯着草丛，那些新冒出的小草，跟荠菜几乎同等色，一样的翠绿柔嫩。那当口，眼神儿就要尖，寻着了，高兴得心花怒放，欢叫声响成一片。采回家去，烧豆腐荠菜汤，鲜得透心。更上一个档次的，是包荠菜饼，那跟过节差不多，简直要让人乐上天去。就是单单爆炒一下，也能诱惑得我们多添上一碗饭。

我妈不懂什么野趣不野趣的，她天天蹲在旷野里，她就是野趣中的一个。我妈现在一门心思在种荠菜上，她尝到了甜头，一个春上，她挑荠菜卖，居然攒下五千多块钱。

她喜滋滋地掰着指头，算了又算，说，明年，再多种上两亩地，我就能赚一两万了。到那时，我也是有钱人喽，想买什么吃，就买什么吃，想买什么穿，就买什么穿。

我笑看着她，七十多岁的老太太，被这个美好的愿望点燃着，竟露出欣欣向荣的样子来。

我有点羡慕我妈了。一年四季，春种秋收，她的心里，从不落空，总有个梦想在支撑着她。

想起多年前，听过的一首甜得淌蜜的歌，叫《一千零一个愿望》。歌里面唱道：心里有好多的梦想，未来正要开始闪闪发亮，就算天再高那又怎样，踮起脚尖，就更靠近阳光。——所配画面是一头小猪。小猪努力地攀爬着一棵树，它爬呀爬呀，摔倒了一次又一次，可是，一点儿也不气馁。因为，梦想就在树上朝着它招手，一团碧绿，一团繁花，闪耀着光芒。

我被那头小猪感动了。更确切地说，我被一种叫梦想的东西感动着。

我们每个人的一生，其实都是梦想的一生。我们奔走在路上，就是奔走在寻找梦想的途中。我们曾被一个一个的梦想激励着，一路欢跳着向前。也有苦闷，也有曲折，也有彷徨，但因为有梦想在，我们每一个日子，都活得枝叶葱茏，生气勃勃。

是从哪一天起，我们丢失了梦想？我们丧失了激情、抱负和憧憬，在时光里沉沦。像随波逐流的浮萍。我们不再眼神熠熠，斗志昂扬。我们在迷惘中迷惘，在失望中失望，无可奈何地看着生命，像燃烧的蜡烛似的，一寸一寸消失。

是到了该重新拾起梦想的时候了，我们要在自己的心上，种点什么才是。种花亦好，种草亦行，总之，不让它荒芜就好。就像我妈那样，她要种多多的荠菜，赚多多的钱，许明天一个灿烂的梦想，日子才会充满奔头和希望。

丰腴

四月最当得起"丰腴"二字。

它实在是，太丰腴了。

季节一到四月，如同民间女子走进皇宫，君王一回顾，她就成了贵妃了，一下子变得雍容华贵起来。光华灼灼！光华灼灼！让人真的不敢相认，她还是从前布衣荆钗的那一个吗！

这个时候，你怎么看，都是好的。躺着看，站着看，横着看，竖着看，落尽眼底的，无一样不是兴高采烈，不是饱满葱茏的。

花在不要命地开。

桃花、梨花、海棠、紫荆……哪一朵，都开得掏心掏肺的，都开得披肝沥胆的。

烂漫哪！

我在一树一树的花下走。头顶上或红或白，枝枝丫丫，都缀得满满的。心也就那么，被填得满满的。随便往外一掏，都是一把颜色，绚丽得让人能在瞬间被淹没。

风吹桃花。

风吹梨花。

风吹海棠。

风吹紫荆。

这世上，你还要怎样的好？我只想轻轻说，亲爱的，你慢些开吧，慢一些，不要急。

心里，忽的生出疼来，嫌它们开得太过火了。

怎么可以这么毫无保留！赤裸裸的，全是热烈，全是奔放哪！

是不是有种生命，只求这一瞬的燃烧？爱就要爱它个天翻地覆，死去活来。

这样的刚烈！——爱原本就是件十分刚烈的事情。

像他，和她。一朝坠入爱河，分分秒秒也不肯撒手。燃烧到顶点，终究烦了倦了谢了，那是将来的事。这一刻，他在，她在，他们心心相印，短暂的绚烂，足以照耀一生。

别笑爱情的疯狂，这或许才是爱的真正模样呢。我也想拥有这样的燃烧，哪怕只有一秒，像飞蛾扑火，我的生命，也定会活出别样的意思来吧。

我盘腿坐在树下，让肩上落下一瓣两瓣的花。很想喝杯酒了。真的，很想。

虽然，我从不喝酒，且不会喝酒。可此情此景，唯有喝酒，才与之相配。

举杯俯仰之间，是把花也给喝进去了吧。我愿意，为之一醉。然后，就在花下小睡，睡成一朵丰腴的花，饱吸阳光，饱吸清风。我却似乎已活过了千年。

那人对我说，菜花贱。

是因为多。是因为不择地。是因为它不会隐藏自己一点点。

这时节，出门去，随便一搭眼，都能看到它的影。人家的花坛里，有那么几棵，也是开得轰轰烈烈的，丰腴得不得了。

它太把自己当主角了，让你有小小的不服，它怎么可以这么抢风头呢？

它还就是抢了。你认为它是平民小丫头，它却拿自己当公主。我看到一垃圾堆旁，也有一枝菜花，风姿绰约地在开。

你若移步到郊外，那才见识到它的不可一世呢。人家的屋，被它拥着抱着。屋旁的路，也被它拥着抱着，一直蔓延到河边去了。河水里倒映着一地的黄，黄透了。天空也被染黄了呀。河里的鱼和水草，也被染黄了呀。你整个的人，也被染黄了呀。

美，真美，太美了！美得一塌糊涂。——你在它的丰腴里沦陷，实在找不出多余的词来形容它，你也只能重三倒四地这么说。

贱命如它，终于让你刮目相看。

你看你看，有时出身并不重要。重要的是，你将以什么样的姿势盛开。

还是像一朵菜花学习吧，只管走着自己的路，在自己的心上，铺上一片沃土，盛开出一片丰腴。

有一段日子，我想减肥来着。

因为，大家的审美标准都是，骨感美人的。

我刻意少吃，刻意锻炼，反正怎么折腾能瘦下去，我就怎么折腾自己。

当我在四月的花跟前走了一走，我突然惭愧了。

没有一朵花，想着去减肥的。它们爱怎么开，就怎么开。能开得有多丰满，就开得有多丰满。

即便是一朵蒲公英，即便是一小朵婆婆纳，也竭力让自己变得丰腴。

那是美。

丰腴，也是一种美的。

中学时，跟同学归家。同学的母亲突然从屋内走出。其时天色将晚，光线暗淡。可是，她的母亲往门口一站，我的眼前，立即有种光芒四射的感觉。个高微胖的一妇人，面皮白，笑容温暖亲切，我几乎在一瞬间就喜欢上了。

多年后，我回忆，还记得她甫一出现时，给我的惊艳。现在我想，若是换作一清瘦的干巴巴的妇人，断不会留下这样的美好记忆的。

我也要按我自己的样子开放。不妨丰腴一点，再丰腴一点，从身体，到心。

向着美好 奔跑

　　阳光的影子，拓印在窗帘上，似抽象画。鸟的叫声，没在那些影子里。有的叫得短促，唧唧、唧唧，像婴儿的梦呓。有的叫得张扬，喈喈、喈喈，如吹号手在吹号子。

　　我忍不住跑过去看。窗台上的鸟，"轰"的一声飞走，落到旁边人家的屋顶上，叽叽喳喳。独有一只鸟，并不理睬左右的声响，兀自站在一棵矮小的银杏树上，对着天空，旁若无人地拉长音调，唱它的歌。一会儿轻柔，一会儿高亢，自娱自乐得不行。

　　鸟也有鸟的快乐，如人，各自安好。

　　也便看到了隔壁小屋的那个男人，他正站在银杏树旁——我不怎么看得见他。大多数时候，他小屋的门，都落着锁，阒然无声。

　　搬来小区的最初，我很好奇于这幢小屋，它的前面是别墅，它的后面是别墅，它的左面是别墅，它的右面还是别墅。这幢三间平房的小屋，淹没在别墅群里，活像小矮人进了巨人国。

也极破旧。墙上刷的白石灰已斑驳得很，一块一块，裸露出里面灰色的墙面。远望去，像一堆空洞的眼睛，又像一堆张开的无声的嘴。屋顶上，绿苔与野草纠缠。有一棵野草长得特别茂盛，茎叶青绿，在那里盘踞了好几年的样子。有时，黑夜里望过去，我老疑心那是一只大鸟，蹲在那儿。孤单着，独自犹疑着，不知飞往何处去。他的小屋，没有灯光。

隐约听小区人讲过，他的父母先后患重病去世，欠下巨额债务，家里能变卖的东西，都变卖了。妻子耐不住清贫，跟他离了婚，并带走他们唯一的女儿。他成天在外打工，积攒着每一分钱，想尽早还清债务，接回女儿。

他的小屋旁，有巴掌大一块地，他不在的日子，里面长满野藤野草。现在，他不知从哪儿弄来一把锄头和铁锹，一上午都在那块地里忙碌，直到把那块地平整得如一张女人洗净的脸，散发出清洁的光。

他后来在那上面布种子，用竹子搭架子。是长黄瓜还是丝瓜还是扁豆？这样的猜想，让我欢喜。无论哪一种，我知道，不久之后，都将有满架的花，在清风里笑微微。那我将很有福气了，日日有满架的花可赏，且是免费的，多好。

男人做完这一切，拍拍双手，把沾在手上的泥土拍落。太阳升高了，照得他额上的汗珠粒粒闪光。他搭的架子，一格一格，在他跟前，如听话的孩子，整齐地排列着，仿佛就听到种子破土的声音。男人退后几步，欣赏。再跨前两步，欣赏。那是他的杰作，他为之得意，脸上渐渐浮上笑来。那笑，漫开来，漫开去，融入阳光里。最后，分不清哪是他的笑，哪是阳光了。

　　生活或许是困苦的、艰涩的，但心，仍然可以向着美好跑去。如这个男人，在困厄中，整出了一地的希望——一粒种子，就是一蓬的花，一蓬的果，一蓬的幸福和美好。

你若盛开，蝴蝶自来

1．自打小时起，我们就接受这样的教育：吃饭别慢吞吞的，做事别慢吞吞的，走路别慢吞吞的。于是我们总是很着急，急着吃饭，急着做事，急着赶路，急着长大。——再慢就来不及了呀。

然因走得太快，我们常常忽略了沿途风景，走着走着，就忘了出发的初衷，丢失了最初的热情和梦想。

2．走路摔倒了，我们埋怨绊了脚的石头；没有别人风光，我们埋怨出生的卑微、父母的无能；身上寒冷，我们埋怨他人挡了自己的阳光；梦想落空，我们埋怨生不逢时；少有真心相待的朋友，我们埋怨人情淡薄世态炎凉。

我们习惯了埋怨，却从来没有公正地思考过，好多时候，其实不是生活辜负了我们，而是我们辜负了生活。

不要总慨叹命运的不公，而是要多问问你自己，你够不够努力。——只有自己是梧桐，凤凰才会来栖。

3. 如鱼饮水，冷暖自知，这也是生活常态的一种。接受这样的常态，且从容地享用它，你才能活出属于你的真本色。

4. 一个人的光芒过于炫目，或多或少，总会刺伤到他人，——尽管，那或许并非你本意。所以，凡事能低调的，请尽量低调，把光芒收敛一些，再收敛一些。有时，不过于炫耀自己，不睥睨他人，也是对他人的一种善良和好。

5. 别动不动就给人摆脸色，也别动不动就粗喉大嗓的。这两种做法，都不代表你有本事，那只能证明你很无能，和欠缺教养。

6. 离火太近，易被灼伤；离冰太近，易被冻坏。人生所需要的距离和温度，恰恰是那种不过于浓烈，亦不过于冷淡的。浓淡相宜，远近相安，唯有这样，才能久长。

7. 每一段爱情，最初都想天长地久地老天荒来着的，无奈月移星转，有很多的人走着走着，就迷失了。不是不爱，而是再也回不去最初。不感慨，不失望，因为，所有的曾经，全都被岁月悉数收着呢。它曾像花儿怒放过，它曾明媚了一些眼睛和心灵，足够。

8. 虚度光阴的可怕之处在于，世界已走得很远，而你还留在原地。

9. 把羡慕别人翱翔的时间，用来充实自己。读一点书，听一点音乐，走一段路，赏一段景，做一点事。慢慢地，你会发现，你也长出了丰满有力的翅膀。

10. 真正的寂寞，是身处闹市，却内心荒凉。满世界游走，也找不到一个可以说话的人。

11. 我们常常做着伤害自己的傻事。比如，为了不值得的事生气。比如，为了不值得的人流泪。——那些生气和流泪，往往于事无补，动不了他人一根毫毛，却把自己折磨得遍体鳞伤，且赔上一段好光阴。何苦来哉？

12．心灵澄澈，自会口吐莲花。心灵污浊，往往喜出恶言。一个时常口吐恶言的人，不但愚蠢丑陋，而且可怜可悲。因为，他（她）的心灵，早就污浊不堪，蝇虫遍地。

13．有时，你没有得到你想要的，不是因为你不够好，而是上天要给你更大的惊喜，让你得到更好的。所以，不灰心，不气馁，走下去，前面的天空，也许会更为辽阔。

14．有人问我，幸福的秘诀是什么。我答，欲望降到齐肩高，一伸手就能够得到。又，始终保持愉悦，不为难自己，不为难他人，不为难这个世界。

15．很喜欢一句话：你若盛开，蝴蝶自来。——人生最大的资本，还是你自己。只有努力使自己变得充盈，让自己的生命，散发出它该有的香气，才会引来蝴蝶翩跹。

一天就是一辈子

　　我买了一堆彩铅，作画。

　　我在纸上随意描摹，画猫，画狗，画小草，画小花。态度谦恭认真，像刚学涂鸦的小孩。人见之，大不解，问我什么的都有。"你为什么现在要学画画？画了做什么用的？""你是想改行做画家吗？""是哪里约你的画稿吗？""你是想给自己的书画插图吗？"……无一例外地，都奔着一定的功利去。仿佛我种下一棵树，就是为了收获一树的果实，否则，就不符世道常规，就让人匪夷所思了。

　　可是，有时种树，只为那摘种时劳作的喜悦，有阳光洒下来，有汗水滴下来，泥土芬芳，内心充盈，就很好了呀。它实在无关以后，以后，有没有一树的花，有没有一树的果，有什么要紧呢！

　　年少时，我是那么热衷地喜欢过画画。梦想里，是想拥有一屋子的彩笔，画一屋子的画，在墙上随便贴，却被大人们认为不误正业。他们苦口婆心地劝告，小孩嘛，将来考上好大学，找份好工作，做人中龙凤，才是最好的奋斗目标。我很听话地藏起自己的梦想，一日一日，朝着大人们所要求的样子，成长起来。偶尔想起，我曾经也有过自己的梦的，却恍若隔世了。

想想我们一生，几乎都活在世道的常规里。做任何事，走任何路，是早就规定好了的，由不得我们自己做主。我们以世俗的目光，来衡量着成败，追逐着那些所谓的梦想，追得好辛苦。到头来，外表或许很光鲜了，繁花似锦，内里，却空空如也，一颗心，常常找不到着落处。在前行的路上，我们早把自己弄丢了。

好在还有时间来弥补。我以为，哪怕生命只剩最后一天，都为时不晚。这一天，你完全属于你自己，你可以捡拾起从前喜欢的笛子，吹上两段，断续不成曲那又有什么关系？你不必在乎他人的眼光，不必在意曲调是否流畅，你只享受着你吹响的那一刻。手握笛子，有音符从心底飞出，你很快乐。能够使自己快乐，才是人生最大的收获。

就像现在我拿起画笔，不定画什么，也不定画成什么模样，赤橙黄绿，落在纸上，都是我缤纷的喜悦。那些我曾经的年少，那些我隐蔽的梦想，在纸上一一抵达。风吹着窗外的花树，云唱着蓝天的歌谣，怎么样，都是好了，我可以把一天，过成我想要的样子。

红绸伞

用了没多久的一把红绸伞，坏了，一支骨架断裂。

这把红绸伞，是去年秋天在西湖边上买的。卖伞的女子很温润，她说，纯手工制作的呢。你看，这上面的一圈花，是一针一线绣上去的呀！

我对纯手工制作的东西，向来难抵诱惑，那上面，浸染着手底的情意和温暖。买，自然买。

我其实，还暗暗有着另一层欢喜，——西湖是因一把小伞而天长地久的。当年的白蛇，修炼成人形后，是撑着这把小伞，相遇到她的爱情的。带着甜蜜，带着无限向往，痴情的白蛇，一头坠进红尘里。

可是，再好的爱情，跌落到红尘中，也会被慢慢磨去光泽。都说许仙是因耳朵根子软，上了法海的当，才导致白蛇最后被压雷峰塔下。我以为，真相不是这样的。真相是，一日一日，她在他身侧，早已褪去神仙的光环，变成俗世里的庸常。他日益淡了爱的心，也有了磕绊与不相让。这个时候，若不是法海，是别个什么人，对他说上三两句似是而非的话，针对他的娘子。他面上或许也争辩，但心里，是留着暗影的，——他已不全信她。哪像热恋的当初，他宁肯背叛全世界，也要与她好。好是样样都好，是十全十美，没有半点质疑的，怎会相信她是蛇变的！又怎会被法海骗去金山寺！

他终究，不过是凡俗中一个极凡俗的男人罢了，自私，懦弱，没有担当。她的情，托付错了人。断桥相遇，可怜她还一声断肠，相公啊！千年的红伞还在，不知多少男人，为之羞愧脸红呢。

停箸，与那人玩笑，我说，若我是白蛇变的。

那人断喝一声，吃你的饭吧，你满脑子都在瞎想什么呢！一只鸡腿，随即到了我碗里，他用它，来塞我的嘴。

不知为什么，要感动。我傻傻地看着眼前这个人，有了要与他山盟海誓的冲动。我说，下辈子，下下辈子，再下下辈子，你也要记得来找我啊。

我会撑着一把红绸伞的。

我满大街去找修伞的。

记忆里，修伞的师傅是背着工具下乡的。还有锔碗的，磨剪刀的，挑货郎担的，拍照的，弹棉花的，放电影的，爆米花的……

偏僻乡野，因这些人的到来，总能引起一阵轰动。节日般的喧腾。

他们打哪儿来的呢？这是我小时顶好奇的事。在我的眼里，他们好像是庄稼，就那么从远处的田埂边冒了出来，棵棵饱满的葱茏。田埂的尽头，连着别的村庄。别的村庄外，还是村庄。

喜欢，真喜欢呀。觉得田埂尽头，肯定有口大魔术袋，总能从里面变出一些新的人来。

修伞的师傅一来，家家都找出笨笨的油纸伞。这把骨架断了，那把油纸破了。有的伞都破旧得不成样了，跟一堆烂树皮似的。那家人，居然也抱着它，让修伞师傅修。

修伞师傅是个着蓝衫的中年男人，他总是好脾气地笑笑，说，放下吧。

他在村口的一棵大槐树下坐定，取出工具。他的脚跟边，很快堆满了受伤的伞。旁边围一圈人，一边谈笑，一边看他做活。

到太阳落山，家家户户都能拿回修好的伞了。修伞师傅揉揉酸疼的腰，站起来，笑笑的，额发上落着夕照的金粉。

我们小孩争着去打伞。祖母不让，祖母骂，好好的天，打什么伞！她小心收叠起那把油纸伞。

我开始盼下雨，好撑着这把修好的伞，在雨中走。

我在一条旧的小巷子里，终于找到修伞的。

一个腿脚不便的老人，他还兼修锁和鞋子之类的。大多数时候，他少有活干，也只是拨弄着几双捡来的破球鞋，给这双鞋添上一行针脚，给那双鞋打上一块补丁。打发时光罢了。

是打小就吃这碗饭的，这一吃，就是五十多年。

丢不开了，一天不出来摆摊儿，心里就空得慌，老人絮絮叨叨地告诉我。

这已不单纯是一门手艺了。这俨然成了老人生命的一部分，就跟老人身上的一根肋骨似的。

一辈子只忠诚于一件事，相伴成老友，相伴成生命，也是一种了不得的坚守吧。我看着老人，心生敬意。

老人对我的到来，很是欢喜和感激，忙不迭地摊开工具。他说，现在的人啊，早已不在乎这个了，坏了，就扔掉，重买一把新的。

是啊，谁还会捧一把破伞，满大街找着修呢？

生命中，总有一些要消失，总有一些要重新开始。我们能做的，也只是坚守着自己的坚守。能坚守多久，就坚守多久。

老人慢慢修。我慢慢等。路过的人，都在那里停一停，看看我们。像看风景。

这是这个世间，最后的风景了。

落日下的
画画人

　　他曾是一个流动乐团的台柱子。说是乐团，不过由三五个无业青年凑成，都会玩点儿乐器，都能吼上两嗓子。一日，聚一起闲聊，一人突然眼睛亮亮地看着他说："我们组个乐团吧，你主唱，我伴奏，准能挣大钱。"他在家里正闷得慌，随口答应："好啊。"

　　乐团很快建起来。他挑了些歌，都是能唱出人的眼泪来的，随便演练了一下，就上阵了。

　　演出地点选在人多的广场。一人做了一个大的募捐箱带上，他提异议："搞募捐不好吧？"那人开导他："我们一不偷，二不抢，人家愿意捐就捐，不愿意捐，我们也不勉强，有什么不好呢。"他想想，也是。自己安慰自己，我这也是靠劳动吃饭的。

　　首场演出，他们大获成功，比预想的还要成功。起初，也只是三两个人，站着听他唱。后来，听的人越聚越多，里三层外三层，把他围在中间。不少人歌未听完，就走到募捐箱前，五块、十块地往里面投。他左一声谢谢，右一声谢谢，更拨动了人们心中柔软的弦，捐款的人，越来越多。连平时节俭得不得了的老大妈，也从贴身口袋里，掏出钱来，投进募捐箱去，一边唏嘘着对他说："孩子，你休息一会儿吧。"

那一天，他们收工回去，把募捐箱的钱倒到床上数，居然数出三千多块。这大大鼓舞了他们。他们决定扩大范围，一个城一个城的，巡回演出。等把全国走一圈下来，他们肯定能弄成个百万富翁。

这样的设想，让他兴奋。从此，他更投入地频频登台，即使寒风当头，他也坚持穿很少的衣服，裸露着他的双腿。

那天，在街头一角，他正卖力地唱着歌，一个小女孩，突然走到他跟前，大眼睛忽闪忽闪地，盯着他裸露的双腿看，而后抬头问："叔叔，疼吗？"

他一下子愣住了，眼睛不由自主地落到他的腿上，那儿，两团红肉，触目惊心。年少时的一场交通事故，他被迫锯掉双腿。从那时起，他收获过许多的同情和怜悯，却少有人问过他疼不疼。

他慌张地"唔"了声。小女孩朝他举起手里的棒棒糖，努力举到他嘴边："叔叔，你吃，你吃了糖，就不疼了。"

那一刻，深深的羞耻感，潮水一般地淹没了他。用自己的残缺，一次又一次，博取他人的同情。尤其是面对一个纯真的孩子，他觉得自己可耻。

他不顾同伴的劝阻，毅然退出了乐团。在街头，他支起画架，帮人画速写。明码标价，一张速写五块钱。顾客稀疏，生意总是清淡，但他不急不躁，稳坐着。没顾客的时候，他画街景，一棵树，一朵花，一个人，在他笔下，绿着，艳着，欢笑着。心底踏实。

他是我朋友的朋友。我看见他时，他穿着长的风衣，把自己伪装得很好，看上去和健全人没什么两样。我在他的摊头，画了一张速写。我放下五块钱，他微笑着收下。他说，身体可以残缺，但心不能。

落日下，我回过头去，他正低头在纸上画画，安静，恬然。他的身上，镀着落日的金粉，散发出一种动人心魄的光芒。

送自己一朵微笑

有些事情，其实我们很容易就能做到。

比如，送自己一朵微笑。

一朵，刚刚好。就像一枝带露的玫瑰，散发出清晨特有的清香和甜蜜。又像春天枝头刚爆出的一朵新芽，柔软且纯真。

美好的一天，是从清晨开始的。第一缕晨雾。第一片阳光。第一声鸟鸣。第一袭花香。——这一些，无不是崭新的。而你，从黑夜里泅渡过来，沐浴着新的生命的光泽，便也是一个全新的你了。多么值得庆幸，你又迎来光明的一天。

为什么不送自己一朵微笑呢?

来，对着镜子。

若是没有镜子，就对着一面窗玻璃吧。

若是没有窗玻璃，哪怕对着空气也行。眉毛弯弯，嘴角上扬，一朵微笑的花，就开在你的脸上了。你的心田里，会充溢着一朵芬芳。

　　享受这朵芬芳吧。你会发现，门前掠过的车声人语，要比往日的动听。家里长着的那盆植物，要比往日的葱茏。简单的早餐吃在嘴里，也比往日的滋味绵长。普通的衣穿在身上，也比往日的合体熨帖。而你，真的有些不一样了呢，你容光焕发，步履轻盈，眼中所见到的，都仿佛镶着一对会笑的眼。你跃跃着，想对这个世界打声招呼："嗨，你好早晨。"

　　扣上门，上班去。你的嘴角，还是上扬的。看树，树在笑。看草，草在笑。陌生人相遇，也都是友善的。谁会对一个微笑着的人施以颜色呢？不会的。你从来没有觉得，这个世界，原来是这样的温和可亲。

　　每天必走的路，是厌倦过的。可是，今天却大不相同了。车窗外掠过的房屋、街道和行人，肩上都落着晨曦的光芒，看上去又温暖又美好。一些熟悉的街景，也有着说不出的温馨。一棵法国梧桐，站在一家卖小饰物的小店门口，树又高大又茂密，像撑着把绿色大伞。小店的名字这回你看清了，叫，转角微笑。你为这个名字暗暗叫好。想象着起这个名字的主人，一定总是嘴角含笑，满面春风。卖早点的摊子前，坐着三五个客人，馄饨或是面条上面，荡着一层晨雾般的热气。还有那个烧饼炉子，守着它的，竟是一个长相不错的女人。烧饼出炉了，买烧饼的人排成了队。你想象着那种香。每日里能与这种香相亲相爱，也是福分。修鞋的师傅开始出摊了，他把摊子摆在一棵合欢的下面，暂无生意，他坐在矮凳上，双手拢起，笑嘻嘻地看街景。那棵合欢，夏天连着秋天，都在开着花。一树的粉艳，把俗世的寻常，映得天晴日暖。你第一次充满感激，熟悉的东西无有改变，也是一种恩赐。都还在着呢，便是安慰。

你就这样一路走，一路看着、想着，有再相逢的喜悦。以前觉得漫长无趣的上班路，变得短暂又好玩了。你带着这样的心情，开始你一天的工作。你意外地发现，你的一颗心里，不再有抱怨，只有欢喜，鸟鸣雀叫，繁花似锦。寻常的每一天，原都是好日子。

一生只忠诚于一件事

知道那个叫米索，又名侯赛因·哈撒尼的人，是在一份晚报上。狭长的一角，有篇特稿，报道的是他。寥寥数笔，却用了很长的标题——《萨拉热窝一擦鞋匠辞世，众多市民自发聚集致敬》。

我剪下了那篇特稿，收藏了。

他出生于波黑，一个普通的平民之家。父亲是个擦鞋匠，凭着这份手艺，养活全家。二十一岁时，米索接过父亲的擦鞋摊，成为萨拉热窝街头一名年轻的擦鞋匠。

不难勾画出这个时候米索的样子：高高的个头，白净的皮肤，有着黑色的或淡黄的微卷的发。深凹进去的大眼睛，炯炯的。浑身蓬勃着年轻人特有的朝气，像棵拔节而长的笋。萨拉热窝人亲热地称他，米索小伙子。

每日里，他晨起摆摊，暮降返家，风雨无阻。所做的事，单调得近乎机械，就是埋头擦鞋。他却深深热爱着，近乎虔诚地对待着手底下的每双鞋。他一边擦鞋，兴许还一边哼着歌。他做着一个快乐的擦鞋匠。看到他，人们再多的愁苦，也消减许多。

一年过去了，他在街头擦鞋。再一年过去了，他还在街头擦鞋。再一年过去，他仍在街头擦鞋。渐渐地，他擦成萨拉热窝街头的一个标志、一道风景。人们出门，总习惯性地先去找寻他的身影。哦，哦，米索在呢，人们的心，会因他而雀跃一下。天地立即安稳下来。

日转星移，寒暑更替，许多个年头，不知不觉过去了，他由年轻的米索小伙子，变成了人们口中的米索大叔。

1992年，同属于南斯拉夫人的三个民族，就波黑的前途和领土划分等问题，暴发了大规模的内战，造成几十万人死亡，史称波黑战争。这次战争中，萨拉热窝被炮火围攻四年，城里居民四处逃亡，六十开外的米索，却没有离开过一步，他冒着炮火，照旧晨起摆摊，暮降返家。他在街头的身影，成了人们眼中的一面旗帜和幸运符。惊慌悲痛的人们，只要一看到亲爱的米索大叔，情绪立即得到宽慰，重新燃起生活的信心和勇气。"只要他不走，我们就知道即使今天天塌了，我们明天还会活得好好的。"人们说。

他活了下来，和他的萨拉热窝一起。他继续做着他的擦鞋匠，晨起摆摊，暮降返家。外面是天晴日丽也好，风雨琳琅也罢，他的江山不改。他把一份卑微的职业，做成崇高和传奇。

2009年，米索荣获政府表彰，获赠一套房和一大笔退休金。他对着媒体镜头，极为平淡地表达了自己的心声："很多人问我为什么要坚持这一行？我认为这份工作已经融入我的血液中，我会一直

擦到生命尽头。"

　　他做到了。八十三岁这年，他走完了他擦鞋匠的一生。他的遗像，被摆放在萨拉热窝街头，供人瞻仰。人们还在他的遗像旁，放置了一双干净的皮鞋。

　　一生只忠诚于一件事，世界之大，能有几人？

让梦想
拐个弯

　　J是我的高中同学。和我们一起念书那会儿，他因偶然撞见海子的那首《面朝大海，春暖花开》的诗，而迷上诗歌，立志要成为一个诗人。他满脑子做着有关诗的梦，为此荒废了学业。

　　J后来没考上大学。有关他的消息，断断续续地在同学间流传：他外出打工了，他失业了。他结婚了，他离婚了。如此折腾，都是因为诗。他的眼里，除了诗，再也容不下别的。他待在10平方米的小房间里，靠他在纱厂做工的母亲养，几乎足不出户地写着诗。他写的诗稿，足足能装一麻袋，发表的却寥寥无几。有个老编辑，在毙掉他无数的诗稿后，终不忍，遂委婉地对他说，写诗这条路，对你而言，未必适合，你还年轻，可以去尝试别的路。

　　他没有顿悟。他相信精诚所至，金石为开，仍笔耕不辍，一路向前。多年后，同学聚会见到他，他身影孑然，潦倒不堪。彼时，他的母亲已过世。据说，他母亲过世时，眼睛是睁着的，对他，是一千个一万个放心不下。一口酒入口，呛出他满腔的泪，他终于不得不面对一个事实：这一辈子，他成不了诗人。他哽咽道，我的好年华，就那样白白溜走了，我还能做什么呢？

大家面面相觑，没有人能回答他。记忆里，他是聪明的，理科成绩曾一度辉煌过。他会吹笛子，会拉二胡，绘画也很有天赋。如果他在碰壁之后，选择另一条路走，或许他早就成就一番事业了。

J的故事，让我想起一则寓言来：一只青蛙，很羡慕天空中飞翔的小鸟，它梦想有一天，能变成小鸟。于是，它开始苦练飞翔。它爬到高处，腾跳，起飞。结果可想而知，每次，它都重重摔下来，摔得鼻青脸肿。别的青蛙看不下去了，劝它，青蛙就是青蛙，小鸟就是小鸟，青蛙成不了小鸟，就像小鸟成不了青蛙一样，捕捉虫子才是我们青蛙必须掌握的本领啊。它不听，执意要学会飞翔。它避开众青蛙，独自爬到一座高高的山峰上练习去了。数天后，众青蛙在山脚下，发现了它的尸体，——它摔死在岩石上。

执着是一种可贵的品质，然盲目的执着，却是对生命的浪费和伤害。梦想很可爱，但也很现实。当梦想缥缈如天上的云彩，任我们再踮起脚尖，也无法与它相握，这时，我们要学会认知自我，懂得放手，让梦想拐个弯。

认识一个服装设计师，他设计的服装，因其款式别具一格，在圈内很有名。谁也想不到，他曾经的梦想，却是成为一名钢琴家。从小，他的父母不惜倾家荡产栽培他，给他买最昂贵的钢琴，给他请最好的音乐老师。他的童年，是交给钢琴的。他的少年，是交给钢琴的。他的青年，差点也全部交给钢琴。幡然醒悟是在一次音乐会后，台上钢琴家行云流水般的演奏风格，是他永远也无法企及的。他不顾父母的反对，毅然放弃了音乐，改行学习他颇感兴趣的服装设计，很快脱颖而出。

在他的工作室里，悬挂着一幅照片，那是他去云南旅游时拍的：悬崖上，一丛野杜鹃，满满地开着，落霞般的。高远的天空，裸露的岩石，艳红的花朵，生命如此安静，又如此强烈。

他的目光，落在那丛野杜鹃上，他说，野杜鹃一定也做过成为大树的梦的，当那个梦想遥不可及时，它让自己落入尘土，努力地在悬崖上，盛开出属于它自己的绚烂。

Chapter 3

让每个日子，都看见欢喜

一折青山一扇屏

遇见那个守林人，是在一个秋日午后。我没想到，旷野之中竟有人家。那时候，他正弯腰在两间简陋的棚屋前，埋头刨一截木头。他身后的棚屋顶上，爬满开得好好的扁豆花，一簇一簇的小紫花，像一个一个的小美人，在秋阳下欢颜。棚屋前的晾衣绳上，晾晒着红红蓝蓝的衣裳。一条黑狗，伏在屋旁，眯着眼在打盹。听见人来，它抬起头，惊诧地打量一番，没叫，复又眯起眼打盹。

我是去寻竹的。竹这种植物，我从小亲近。小时，茅草屋的后面，就是一片竹林。每天放学归家，隔老远就望见那一堆墨绿，心里会跳出欢腾来，哦，到家了。有家可回，是大幸福。几十年过去了，这种幸福感还在。

城里无竹。听人说海边的林场有，于是，我和那人驱车百余里，去林场。海边，天高地阔，各种植物相安无事地生长，白杨树，杉树，银杏，刺槐……成片、成林、成海。有牛在林中的草地上，或卧着，或站着，一脸的幸福安详样。星星点点的小野花们，遍布草间。居然发现一大块野葵地，无人欣赏，野葵们就那样开得兴兴的，朵朵金黄。看着眼前景，古人云：天地有大美，大美无言。诚然如斯！

守林人见到我们，并不惊讶，他继续埋头刨他的木头，木头花落了一地。风吹过，不远处的竹林，发出沙沙沙的鸣唱。

我们守在一边看半天，到底敌不住好奇地问，你刨这个做什么用呢？

他答，想做个灯笼。

灯笼？我望着他手中那一截木头，怎么也不能与灯笼联系起来。

留着挂了玩的，装饰装饰，守林人见我们一脸狐疑，他伸直身子，笑了。伸手一指他的棚屋窗口，呶，就挂在那儿。

我家女人说，一定好看，他补充道。

他穷，父母双亡，一直在海边护林，远离闹市，没有姑娘愿意嫁他。这样一晃就晃到三四十岁。两年前，有人牵线，他认识了现在的女人。女人从贵州来，带了一个五六岁的小女孩。在婚姻中受了伤，不愿再回伤心地了，想在这里寻到一个好人家，安安稳稳过日子。

见面之前，他的情况，女人都听人说了，女人不介意。女人只问他一句，你会对我和孩子好吗？

他木讷，不会说话，结巴半天才憋出一句，我有一碗粥吃，肯定分你们大半碗。这是贫穷人的爱，更多的落在实处，供你温饱，让你安命。女人愣愣看他半天，哭了。

他们开始在两间棚屋里，生长平凡人的幸福。孩子很快跟他熟络，一口一个爸爸地唤他，亲热得不得了。女人的脸上，渐渐漾满笑容，屋前屋后的拾掇，种花种菜。这屋顶上的扁豆，就是她栽的，守林人嘿嘿笑了。复低头，在刨好的木头上雕刻。这个秋天，孩子被送到几十里外的集镇上去读小学，女人跟着去照应。每个周末，他早早在家备好菜，开了摩托车去接她们，一家人回到这海边来。

四野安静，守林人雕刻木头的声音，如鸟在啄食，细细碎碎。阳光照着这一寸温暖的土地，扁豆花们兀自开得妖娆，这多像森林里的童话。我突然无端想起清朝刘嗣绾的诗句：一折青山一扇屏。在诗人，是有感而发，眼前青山翠微，秀美如屏，让他迷醉。

我想的是，青山也好，这尘世里的一草一木、一人一花也好。有多少都守在自己的一隅，你看见，或者没有看见，它们就在那里，寂然欢喜，温暖美好。

放风筝

女人想放风筝。

三月天，阳光温暖得像一朵朵花。南来的风，渐渐变得柔软起来，温情起来，抚摸着每一个路过的人，抚得人的骨头都发了酥。女人的心里，生出一根绵长的藤蔓来，向着风里长啊长：这样的风，多适合放风筝啊。

是打小就有这个愿望的，要在三月的风里，尽情地放一回风筝。女人的父亲去世得早，母亲又多病，她是家里的长女，早早便承担起养家的责任。女人清楚地记得，那个时候，也是三月天，桃花一枝一枝的，在人家屋前绽放。风轻轻拍打着村庄。弟弟妹妹们拿了破牛皮纸，糊在竹片上，制作成简易的风筝，在田埂边放飞，快乐的叫声震天震地。女人也只是远远望一眼，羊还在等着吃草，母亲的药还在等着煎，她哪里有那份闲空和闲情呢？

也终于等到弟弟妹妹们长大，女人这才卸下肩上的担子。这个时候，女人早到了出嫁年龄，收拾一番，她把自己嫁了。家也不富裕，男人常年在外打工，女人守着家，操持着家务和农活。曾经放风筝的愿望，已是隔着山隔着水的，摸也摸不着。

后来，女儿出生了，女人的全部心思，都放到了女儿身上。女儿是幸运的，每年三月，男人都会给女儿买一只风筝回来。女人看风筝的眼睛，不自觉地就会汪上一汪水。多漂亮的风筝啊，像花蝴蝶呢，女人在心里叹。忍不住伸出手来，摸了又摸。

男人根本没留意女人的眼光，男人说，我陪孩子放风筝去啦，你把我包里的脏衣服洗一下。男人每次回家，都要拎回一大包脏衣服，由女人洗干净了，他再带出去穿。女人缩回手，答应一声，拿了澡盆，泡上脏衣服，开始埋头洗。心却是不安的，直到她抬头看见女儿在田埂边拍手跳，看见"花蝴蝶"飞上天了，越飞越高，越飞越高，女儿和男人跟着花蝴蝶在奔跑，女人这才笑了。女人痴痴看一会儿，复埋下头，一心一意洗衣服。女儿和男人的快乐，就是她的快乐。

女儿大了，念完大学，留在城里，有了自己的天地。男人也不再外出打工了，在家里帮女人种种地，养些鸡鸭鹅的。家里虽仍不富裕，但吃穿不愁。女人突然松懈下来，在大把的时间里发呆，曾经以为湮灭掉的愿望，开始在心里泛着泡泡儿，让她不得安神。她对男人说，我想放风筝。

放风筝？男人笑了，以为女人在开玩笑。都五十来岁的人了，怎么想玩孩子们玩的玩意儿？这不让人笑话吗！男人就说，好端端的，放什么风筝呢。

女人执拗地说，我就是想放风筝。

男人看看女人，再看看女人，女人的神情，从未有过的认真。男人心里"咯噔"了一下，男人依稀记起以前女人看风筝的样子，恋恋的。是他疏忽了，女人原是如此喜欢风筝。

男人真的去买了一只风筝，花花绿绿的，像漂亮的花蝴蝶。女人摸着"花蝴蝶"，眼睛里汪上一汪水。三月的风里，"花蝴蝶"飞上天，女人的心，跟着飞啊飞。能这么放一回风筝，这辈子没白活，女人扯着风筝的线，幸福地想。

远远近近的人，都停下来看。他们不看风筝，看放风筝的女人。四野安静，头上已霜花点点的女人，是多美的一道风景啊。

满天的
星星都是我的

院子不大，是20世纪六七十年代的建筑了。水泥地面，开裂得东一块西一块的，缝隙处，冒出许多草来，无论春夏，它们都顶一头绿。也开花，细碎的小白花，很秀气。这是我租住了近两年的小院，它的原主人早就搬进高楼里去了，索要的租金不贵，有，聊且无的。我仿佛捡了大便宜，欢天喜地搬进来。每天看着院子里的草，体味着生命的鲜活与生机勃勃。

不知从什么时候起，院子里突然来了一批"客人"，是些麻雀、白头翁，还有画眉。我以为那定是画眉，可爱的绿脑袋，歌声婉转。它们在院子里散着步，小脑袋一点一点的，这儿看看，那儿瞅瞅，充满好奇的样子。有的跃上晾衣绳，站在上面左顾右盼，啁啾着。热闹非凡。

我在一块玻璃板上，倒上饭粒和面包屑。

鸟儿们飞下来啄食。我坐在不远处看书，看鸟儿。也有胆大的，跳着跳着，就跳到我的脚边来了，抬头看一看我，而后又跳开。阳光淡淡，时光安详。

有女友到我的小屋来，她用同情的眼光看着我居住的地方，说："你怎么住这种地方？"她是指它的简陋。我笑。她哪里知道我养了一院子的鸟儿，还有那些自生自长的草。虽说破院子旧房子地住着，我却感到富有。

我想起一朋友来。朋友是个生意人，曾把生意做得风生水起，买了大房子，买了小轿车，一米六的"残疾"个头，竟找了个一米七的漂亮女孩做女友……一切完美得不能再完美了，却因他一时疏忽，生意一落千丈，最后只得宣布破产。

他的世界，立即黯淡一片。债主们整天守着他的家门，女友投入别人的怀抱……那些天，他整夜整夜失眠，头发大把大把掉落，他陷入人生绝境，无力自救。他想，不如一了百了吧。

在结束生命前，他决定回乡下看看母亲。夜晚，他坐在母亲的小院内，天上的星星，密密匝匝，像有无数的小鱼在跳。晚风徐徐，飘来植物的清香。天地间，一片宁静。母亲絮絮跟他说着田里的事，瓜果蔬菜，都长得挺好的。他哪有心思听这些，一颗心，只盛满悲凉，想，母亲还有瓜果蔬菜可依，他却什么也没有了。

邻家的两个小孩子，当时正在一边玩耍。他们追着萤火虫跑，后来又钻到草丛里去找纺织娘。他们是无忧的。一个孩子捉到一只蚱蜢，另一个孩子要，那孩子不给。要的孩子就有些恼了，说："才不要你的破蚱蜢呢，我家有长毛狗呢。"

"那有什么！我家还有小兔子呢。"捉到蚱蜢的孩子神气地回应。两个孩子开始斗嘴，准确地说，他们是在比谁拥有的多。他们先是比家里的东西，后来比一切他们看得到的，屋后小河的鱼，门前树上的鸟，都成他们的了。最后，一孩子突然仰起脸来，小手一指天空说："满天的星星都是我的。"

朋友起初只是可有可无地听着，他只当那是孩子的游戏。当他听到"满天的星星都是我的"这句时，怔住，原来，他并不曾失去得一无所有，还有这满天的星星，不离不弃地为他亮着啊。

第二天，朋友返回小城，之后很快走出困境。

在人生的旅途中，我们每个人都拥有满天的星星。我们都是富有的，因而没有理由气馁。

假如生命明天结束，我依然爱你

　　她走近他的时候，正是他人生最不堪的时候，先是父亲被批斗致死，后是母亲疯了，失足坠楼而亡，他亦被下放到一个偏远的小山村。新婚妻子敌不过这样的变故，跟他划清界限，离他而去。原本热热闹闹的一个家，顷刻间，没了。

　　雪落。他一个人，爬到白雪覆盖的小山坡上，想悲惨人生。想到痛处，忍不住放声大哭。突然身后有人唤他："哎——"他回头，看见她鼻尖冻得通红，肩上落满雪花。

　　"你不要哭，真的，不要哭。"她有些语无伦次，"我相信，你不是坏人。"她眼睛亮亮地看着他。

　　他冻僵的心，突然回暖，漫天漫地的雪花，也有了温度。

　　他知道了她叫英子，十九岁，家里有兄妹五个，她排行老二，没念过书。

她知道了他原是大学里的音乐老师，遂有些得意地说："我就说嘛，你不是坏人。"

他笑了，反问她："怎么不是？"

她脸红了，低了头哧哧笑，说："看上去不像嘛。"

隔两天，她跑来找他，脑后粗黑的长辫子不见了，代之的是一头碎发。她脸红扑扑地对他说："我要送你一件礼物。"他还在发愣，一支绛色的笛子，已举到他跟前。她说："你是音乐老师，你一定会吹笛子的，一个人的时候，吹吹，解解闷。"

原来，她跑集镇上去，卖掉她的长辫子，换来一支笛子。

他问："为什么要这样做？"

她答："我喜欢读书人呀。"

他黯然，说："傻姑娘，我会连累你的。"

她说："不怕，你不是坏人。"

他们相爱了。流言蜚语顿起，都说是他勾引她的。村里召开批判大会，把他押到台上。她出人意料地跳上台，憋着一张通红的小脸，对底下激愤的人群说："我喜欢他，我要嫁给他！"

这不啻一磅重弹，炸得人们一愣一愣的。震惊与阻挠，一时间汹涌澎湃。那时候，小山村人们的思想观念还相当落后，男婚女嫁，都讲究父母之命，媒妁之言，哪里有大姑娘自个儿追男人的？有人骂：不要脸，真不要脸。后来许多人骂：不要脸，真不要脸。她亦是不在意的，昂着头，像个勇士。

她的父母，迫于外界压力，速速替她寻了一山里汉子，要她嫁过去。她拿一把菜刀架到自己脖子上，说："除非我死！"

如此的千辛万苦，他们终于生活到一起。结婚那天，没有鞭炮齐鸣，甚至连一句祝福的话也没有的。母亲偷偷塞给她五块钱，抹着眼泪说："丫头，以后过好过孬都不要怪娘。"

她却是满足的、幸福的。两个人的灯下，他为她吹了一夜的笛。

八年后，落实政策，他平反，回城，重返校园。她在村人们羡慕的目光里，跟着他进了城。她却与那个城格格不入。她不会说普通话，冒出的土疙瘩话，常让城里人侧目。他们家里，进进出出的，都是衣着鲜亮的人，他们谈论贝多芬、肖邦，神采飞扬。这时候，她只有发呆的份儿。和他一起走在大学校园里，她是那样卑微的一个人，脸上一直挂着谦卑的笑，别人却还不待见。她终于待不住了，闹着要回去，回到她的小山村。

她真的回去了。这期间，他的事业如日中天，他被许多大学请去开音乐讲座，身边不乏优秀女子的追逐。要好的朋友劝他：还是跟乡下的她分了吧，她不配你的。不是没有过动摇，且她又不愿到城里来，两个人如此分着，终不是个长久。再回去，他试着跟她说："我可能，回不来了。"她心里不是不明白，却说："随便你，你怎么说，我都听你的。"却在他临走时，找出那支笛子给他，关照："一个人的时候，吹吹，解解闷。"

意外是在她送他回城的路上发生的。一辆刹车失灵的大卡车，突然冲向他们，她眼疾手快，迅速把他往外一推，自己却被撞飞，当场昏死过去。

七天七夜后，她醒过来，人却变得痴呆。医生说，她的脑子受了重创，要恢复，难。

他没有再回城，因为他知道，她喜欢的是乡下；只有在乡下，她才能活得舒展。他陪伴着她，叫她英子。乡村的风，吹得漫漫的，门前的空地上，长着她喜欢的大丽花。太阳好的时候，他把她抱到太阳底下，给她吹笛子。他说："英子，当年，你真勇敢啊，你跳上台，对着那些人说，你喜欢我，你要嫁给我。"说到这里，他笑出泪来，而她的眼角，似乎也有泪流。

他再不曾离开她。和他们同在的，还有当年的那支笛子。

幸福的黄昏

　　这个黄昏，本来没什么特别的。只是一个夏日的黄昏，普通的，正常的。白天的暑热，渐渐消去。炽热的太阳，温柔成一枚红果子，挂在天边。起风了，有些凉爽。我走在一家医院的宿舍区，是一些老平房，青瓦盖顶，白石灰抹的墙。年代久了，那些白石灰，快成灰石灰了。东一块西一块地裂开了，看上去很斑驳。门口的地面上，铺着砖块，很不规则的砖块。砖缝里，钻出顽强的小草，尖着小脑袋，舞着小胳膊小腿的，拼命地绿着。听消息说，这地儿，快要拆迁了。但眼下，一家一家的，依旧住得挺安稳。

　　有很大的院子。院子是公共的。这个时候，热闹起来。家家把小桌子搬出来，桌面擦得很干净，上面摆着碗筷。一碟凉拌瓜，还有几只咸鸭蛋。也有一些小炒和红烧鱼什么的。在几家桌上还看到煮好的嫩玉米棒。哦，嫩玉米棒上市了。

孩子们被祖辈带着，已洗好澡，身上拍着好闻的爽身粉。隔代亲呢。他也微笑地看着，说："有不爱儿子的父亲，却没有不爱孙子的祖父。"莞尔。是真的呢。我祖父祖母就是极疼我的，小时的事自不必说，成年后，每趟回家，他们必拿出藏着掖着的好吃的，背了人塞给我吃。那不过是一些饼干糖果之类的，现在早已不稀罕了。然而每次，他们都极认真地做着，像做一件很重大的事。那种爱，是骨子里的吧。在这个黄昏，我很怀念他们。我也仅能用怀念，来报答他们从前的好。

这样看着，想着，心里突然涌上一种说不清的安详。对，是安详。雀们飞过屋顶。屋后长一排一排高大的树，还有草地。树是一些香樟及广玉兰。我实在喜欢极了广玉兰，开那么大朵的花，白缎子似的。这朵息了，那朵开着，很无私地开着。仿佛一整个夏天，它们都在开花。空气中，染着淡淡的香。使劲嗅，味道会浓一些。而草地上，草长得茂密不已。好像少有人管理，却因此有了野性的美。我甚至还看到有爬藤植物，牵着绕着，爬到草地边的铁栅栏上绿着。

天上的云。对了，那会儿，我抬头看天，惊讶地发现，云很美丽。云真美啊！我很俗地来了这么一句。我是忍不住叹出这么一句的。那是些什么样的云呢？像冬天满满开着的芦苇花，又像一捧蓬松的白羽毛。我简直被它惊呆了，就那么站着看它——而事实上，每个晴好的天，天上的云，都应该这般美丽的吧？是我错过了。

我错过的仅是这个美丽的黄昏吗？日复一日，在一些琐碎里奔跑，沉沦，患得患失，有很多的不开心和郁闷。现在想想，那不过是一些额外的欲望。是谁说的，欲望越多，痛苦越多。

人生的许多烦恼，多半是自找的。

我想起故去的一个朋友。朋友是被肝癌夺去生命的，先前是一所中学的校长，整天见他风风火火地工作，工作，工作，少有闲暇。他躺倒之后，感触最大的是，他没有好好看看这世界，他错过了很多的好。在他病重期间，我去医院看他，那个时候，他已咽不下食物了，却一直不愿相信自己会死去。当时我带了一袋鸭梨去，甜脆的。并不指望他会吃，只是礼节性地做做样子罢了。他看着鸭梨，突然要求道，给我削一只吃吧。我给他削了一只，切成小片，一片一片地喂他吃。他异常努力地吞咽着，每吞咽一口，都要歇上几分钟。我看他艰难的样子，劝他："过后再吃吧。"他坚持："不。"仿佛拼了命在拉住什么。这样过了大约两小时，他终于把一只鸭梨吃下去了，他高兴得像个孩子，一遍一遍说："我能吃一只梨了，我能吃一只梨了。"不断有人进病房去看他，他都要把这当作特大喜讯告诉别人。大家恭喜他："真不错啊，能吃一只梨了，改天，你可以吃一碗饭了。"他笑，脸上现出幸福的红晕来，让人心酸。对他而言，那个时候，能吃下一只梨，就代表了活着，代表了希望，实在是件快乐不已的事。

想想日常之中，我们都拥有这样的快乐啊，却从不知珍惜。这个黄昏，我在一家医院的宿舍区，看着路边的树，看着开好的花，看着平房里进进出出的人，看着天上的云……心里突然被一种情绪装得满满的，满得很了。那种情绪叫什么呢？我微笑着想，想不出，却对身边的他冲口而出，我说："真幸福啊。"说完，我发现了，那种情绪，原来叫幸福。

幸福就这样降临了，降临在这个普通的黄昏。是鸟儿飞过，是云飘着，是叶绿，是花开，是家常的一碗凉拌瓜……而我，竟有明亮的双眼，可以把这一切看个真切。

　　不由得想起认识的一个女孩，女孩长得很胖，别人都笑她的胖。以为她会愁，谁知她不，整天唱唱跳跳的，快乐得很。问她哪有这么多的乐啊。她笑，说："我胖，我喜欢。我为什么要愁啊？我能吃能睡，多么幸福！"

　　是的，世上大概没有比能吃能睡更幸福的事了。如此想来，我们都拥有大幸福。

云水禅心

好的曲子，是百听不厌的。

比如，我正在听的这首《云水禅心》。佛曲。四五年前，我初遇它，惊为天曲。魂被它一把攥住，满世界的喧哗，一下子退避数千里。

清清爽爽的古筝，配以三两声琵琶，如隔夜的雨滴，滚落在萋萋芳草上。一扇门，轻轻洞开，红尘隔在门外。人已完全做不了自己的主了，像懵懂的幼儿，一步步被它引领着，走近佛，走近禅，走近灵魂最初的地方。竹海森森，有泉水叮咚。有清风徐拂。有白云悠悠。有鸟鸣声交相呼应。鱼儿在清泉里，摇头摆尾。它们在一起，自吟自唱，相安无事。空气是绿色的，你甚至感觉到，有扑面而来的清冽和甜蜜。静，真静哪！这时候，你的心，化作一泓泉水流过去，化作一缕清风吹过去，化作一朵白云飘过去。不，不，还是化作一尾鱼好了，在清泉里，自由自在地游弋吧。

我的窗外，夏天的燠热一步一步逼近。今年的季节有点怪，春天久盼不至，夏天却急不可耐，一马当先，攻城略地，——天气是猝不及防热起来的。可隔了一年未听，这首《云水禅心》，还是一如既往的清丽。再多的烦躁，在它的轻抚下，也一一平息。

云水？这个词真是绝妙！云是天上的水，水是地上的云。它们到底谁是谁呢？一个，是另一个的影子，相互倾慕，相互辉映。

不记得在哪里看到的一句话了：云飘到哪里，人追到哪里；水流到哪里，人走到哪里。这天与地，原不是太阳的，不是月亮的，而是云的，是水的。

那一日，与几个朋友相约，去几百里外的便仓看牡丹。那里有传说中的枯枝牡丹——紫袍和赵粉，枯枝之上，绽放欢颜，花开740年。驱车途中，一条河在我们一侧，一路跟随。天空晴朗，云朵洁白。我们一边看水，一边听着《云水禅心》。突然撞见一个老渡口，有渡船停在岸边。午后清闲，老艄公独倚在船头，望天。隔岸，一个村庄像一幅水粉画，静止在那里。满坡的油菜花，还没开完，将谢未谢，把半条河给染得金黄。黛青的瓦房，散落在菜花间。

我们跳下车，奔过去。同行中，有四十大几的男人，激动得像个孩子，拿起照相机，一通猛拍，嘴里不停地嚷，多好啊，多好啊。

好什么呢？这天！这地！这云！这水！这渡口！老艄公倚在船头，气定神闲地看着我们。他是见多识广的，单等我们说，过河去。

真的过河去了。一人一元的渡船费。我们说，不贵不贵。好奇地问老艄公，你一天要渡多少人过河呢？他答，有时多，有时少。我们笑了，这话，像禅语。

船向对岸划过去，击起水花一朵朵。水里的云影，被搅碎了，又很快缝合。靠岸，我们扑进岸边那片菜花地，走小径，过小桥。桥下忽然荡来一条小船，上面载着一些农用物品。船上有三人，两个男人，一个女人，女人头上系着花头巾。他们一门心思撑着小船，从我们跟前划过去，划过去。岸边杨柳青。

我们忘了要去的目的地，在那个小村庄里流连，心里胀满莫名的感动。人生的相遇，相见，相别，是这样的不确定，又是这样的合情合理。佛家说，云在青天水在瓶。一切的物与生命，原都以自然的面貌，各个存活在自己的岁月里。像那个老渡口，一河的水，倒映着岸边的油菜花，倒映着蓝天白云。午后的阳光，泼泼洒洒。一艘小船，从时光里，悠然撑过。

让每一个日子，都看见欢喜

一个从小在都市长大的女孩，受过良好教育，通音律，会钢琴，还出国留过学。回国后，她在城里拥有一份让人称羡的工作，生活安逸无虞。一次偶然机会，她去大山里游玩，被大山深深吸引住了，从此魂牵梦萦。

后来，女孩毅然决然放弃了城里的热闹与繁华，跑到大山里，承包了土地种梨树。从没握过农具的手，在挖下第一个土坑时，手上就起了血泡。疼，疼得钻心。前来看她的母亲，抱住她哭，求她，我们回去吧。她却执意留下。当昔日的同事，坐在开着空调的咖啡厅里，听着音乐，品着咖啡时，她正顶着烈日，在给梨树施肥除草。渴了，就弯腰到山泉边，捧上一口溪水喝。累了，就和衣躺到草地上，头枕着山风，休息一会儿。

熟悉她的人，没有一个不说她犯傻。读了二十多年的书，接受了那么多现代教育，最后却把那些统统丢弃了，跑到大山里做起山民，这人生过得还有意义吗？

有记者拿了这个问题去采访女孩。女孩没有直接回答，而是带了记者去她的梨园。一路上，野花遍地，女孩边跑边采。时有调皮的小松鼠，从林中蹿出来，女孩冲它招招手。鸟亦多，两年的山里生活，女孩已能叫出不少鸟的名字了。梨花刚开过，青青的果，花苞苞似的冒出来。女孩轻轻掀开一片叶，让记者看她的梨。女孩说，你看，它们一天一天在长大，将会有好多人吃到它们的甜。

女孩是真心实意喜欢上山里的日子，清静，碧绿，还有鸟叫虫鸣常伴左右。女孩说，在这里，我每天都望见欢喜，我觉得很幸福。

女孩的故事，让我想起老家的烧饼炉子。烧饼炉子在老街上，我小的时候，它就在。摊烧饼卖的，是个男人，高高的个头，背微驼。他把揉好的面，摊在案板上，手持一根小棍，轻轻轧，轧成圆圆的一块。再挖一大勺馅，加到里面。把它揉圆，再摊开，撒上芝麻，贴到烧红的炉子边缘上。旁边等的人，会不时关照两句，师傅啊，多放点馅啊。师傅啊，多撒点芝麻啊。他一一答应。

他的烧饼炉子，一摆就是四十多年。他靠它，把两个女儿送进大学。如今，女儿出息了，一个在北京，一个在深圳，都有房有车，要接他去安享晚年。他去住了两天，住不惯，又跑回来，守着他的烧饼炉子。每天清晨五点，他准时起床，生炉子，和面，做馅。不一会儿，上学的孩子来了，围住他的烧饼炉子，小鸟似的，叽叽喳喳地叫，爷爷，多放点馅啊。爷爷，多撒点芝麻啊。他笑眯眯地应着，好，好。

　　你看，这一茬又一茬人，是吃着我的烧饼长大的，他呷一口浓茶，望着街上东来西往的人，无比安然地说。那只茶杯，紫砂的，也很有些年代了。问他，果然是。跟他三十年了，都跟出感情来了，成了他须臾不离的亲密伙伴。

　　人生到底怎样活着才有意义？我想，遵从内心的召唤，认认真真地活着，让每一个日子，都看见欢喜，这或许才是它最大的意义所在。

素心如简

　　有好多年了，我一直居住在郊区，虽然离上班的地方远了些，但我喜欢那里的清幽。树木夹道，花草的香气，总是不分季节地在空气中缠绵。我喜欢沿着屋后的小道，漫无目的地走，走着走着，就走到人家的农田边上去了。我可以看看豌豆开花，青菜展开肥绿的叶，瓜藤上挂着绿宝石一样的果。

　　我也顶喜欢到一家厂房的门口去，那里新开了一家小店，卖面条，也卖米和菜油。有时懒了，不想做饭了，我就去买上一块钱的面条回来下。

　　小店实在袖珍，是厂房斜搭出来的一块廊棚，周围用砖砌了墙。原先大概是作收藏杂物之用，十来平方米的样子，租金应该不贵。

　　开店的是一对夫妇，三十来岁的年纪，貌相普通，但看起来却清清爽爽。无论什么时候遇到，都能望见他们脸上的笑，憨憨的，亮亮的，让人觉得又亲切、又舒服。

夫妻二人配合默契，一个和面，一个必持了水瓢添水。一个称秤，一个则收钱。也没见孩子，倒见着几只流浪猫，在他们的店门口撒欢。他们用小花碗给小猫们喂食。有人拿起那花碗端详，可惜道："这么漂亮的碗啊。"他们只是笑笑，照旧拿小花碗给猫喂食。

当黄昏的金线，一丝一丝拉开，他们的小店就打烊了。人问："不做生意了？"他们笑答："不做了，要跳舞去。"都换上了鲜艳的衣裳，男人开电瓶车，女人在后面坐着，一溜烟往市区的广场去了。那里，每日里都有一群人，在黄昏时分起舞。

有时也见他们在店门口跳。旁有巴掌大的空地，上面种着葱，长着蒜。绿油油的，很招人。流浪猫三四只，黑花白黄，绒球球似的，在葱里面打闹翻滚。男人教女人走舞步，一二三四，一二三四。路过的人停下，看着，笑。惊讶的有，更多的，却是羡慕。大有大幸福，小有小幸福，能这样与幸福握手拥抱的，能有几人？

一次，我去买面条。女人正在包藕饼，洁白嫩润的藕片，云朵样堆在手边。她放下手上的活，冲我笑，"来啦？"麻利地给我称上一块钱的面条。我说："包藕饼呢。"

她说："啊，对，我叫它素心饼呢。"

"为什么叫素心饼？"我好奇，这名儿太让人心动。

"我随便取的，你看，藕的这一个一个小孔，像不像心？"她拿起一片藕让我看，她脸上有孩子般的天真。屋外的天光，在藕孔里浮游，那些小孔，看上去，真的像一颗颗透明的心。

她装藕饼的盘子亦好看，白瓷的，上面盘着蓝色的碎花。她见我盯着她的盘子看，遂笑着告诉我，那是她挑的，她就喜欢漂亮的碗啊碟子的。"我家里那个人也喜欢。"她补充道。

　　我第一次认真打量他们的小屋。一条粉色的布帘子搭着，里面做了他们的起居室。面粉袋和米袋整齐地码在墙边。一个灶头的小煤气灶，挨门口放着。切面条的案板占去了屋内大半个地方，局促到转身也难。但装幸福，足够了。

　　男人去酒店送面条回来了。油锅里的油温升起来，翠绿的葱花撒下去，爆出香。男人探头进来，说："好香。"女人抬头冲男人笑，应道："饭就快好了。"

　　我提着面条跟他们告别，心变得快乐轻盈。我踩着林荫道上树的影子，向着我的小家走去，觉得这活着的有意思。素心如简，他的笑脸，她的笑脸，让一屋子的简陋，变得璀璨华贵。

一个电话，十个春天

　　我是先认识他的文字，再认识他的人的。他的文字，都是有关草原有关风雪的。读他的文字，我不可抑制地在脑中勾勒这样的景象：黄昏。风。无垠的旷野。一棵树——就那么一棵树，孤零零的。风吹动它的每一片叶子，每一片叶子，都在骨头里作响。天高路远，是永不能抵达的模样……

　　后来通过一个朋友，我们真正相识了。也仅仅是在电话里。电话隔了万水千山，他的声音挟裹着风雪，挟裹着草原的莽莽苍苍，撞进我的耳里来，如暗夜里的埙。他说，谢谢你。我在电话这头就笑了，我说谢我什么呢？有什么好谢的？我只不过倾听了一下，倾听了一下而已。

　　故事谈不上有多曲折，是一个男人为了生计而奋斗的经历。他早先开过茶馆，在一个小城里混得有型有款的。但商海浮沉，人不过是其中的一叶扁舟，一个浪头打过来，也许就招架不住了。他不幸被浪击沉，被迫远走他乡，到了几千里外一个叫江仓的草原。那里，春天总是来得很晚很晚，冰凌好像永远也不会融化。一天到晚，唯有风吹过耳际，几百里了无人烟，风就那样无遮无挡地吹啊吹，吹得人的骨头里都浸满瑟瑟的孤独。

是的，是孤独。他说。无数的黑夜，他躺在帐篷里，听风吹，心里空空如荒野，苦难是深不见底的一口井，幸福离得很遥远。眼泪，不知不觉滑下来，在脸颊两侧凝结成冰。都说柔情似水，水这时却失了水的温柔。那种伤怀，是蚂蚁啃骨头般的。

那不是我的泪，他强调，真的，那不是我的，那是黑夜的眼泪，它根本不受我的控制，它落下来。说到这儿，他笑起来，苦涩地。

我静静听，我听见孤独，像一只流浪的小狗，呜咽着。人世间，最让人不能消受的，不是巨大的伤痛，而是孤独。

好在他并不颓废。他坚持写文字，白天做工，晚上写作。他至今还不会用电脑，不会上网。所有的文字，都是一笔一画在纸上写成。那时，他把蜡烛插在泡沫板上，泡沫板放在他弓起的膝上。夜深，世界孤寂成一顶帐篷。蜡烛在流泪，一滴一滴，溅落到他的字上，凝固成冰冷的花朵。红的，白的，如敛翅的蝴蝶。

一个寻常的夜晚，我突然想起他来，想起他就拨了一个电话过去，在我，这是很轻而易举的事。他那边的反应却很强烈，是感动复感动了，连声对我道谢。他说，有朋友牵挂着，真幸福。电话搁下后不久，他发来一个信息，信息里只有八个字：一个电话，十个春天。

这下轮到我感动了，我不知道我轻易的一个举动，竟能送他十个春天。我立即找出电话簿，把久未通音讯的朋友，一个一个问候了。朋友们很意外，高兴非常，我也很高兴，我们有着千言万语。空气中弥漫满了温馨，百合花一样地，幽幽吐芳。是的，一个电话，十个春天。

滚滚红尘之中，我们都不可避免会陷入孤独，但只要人世间有爱在、有善良在、有朋友在，就会有春暖花开。

五点的黄昏，
一只叫八公的狗

完全是场意外，在早春，我遇见一个叫帕克的男人，和一只叫八公的狗。

起初，狗还不叫八公。它还在它的童年，在它尚未拥有一个名字的混沌童年。它不知打哪儿来，或许，它的存在，就是为了守候。它出现在火车站，出现在帕克面前，不早不晚，不偏不倚。一段尘缘，由此诞生。

小狗有一双会说话的眼睛。它抬眼望人时，那里面飘着层层雾霭。像一个童稚的孩子，轻轻张开他的眉睫，如水的眼神，懵懂，又无邪。

对，无邪！我相信帕克就是因这样的无邪，而心生怜悯，羁住前行的脚步的。那时，他正要乘火车去上班。他是一所大学的教授，人到中年，生活安定。可是，这只小狗的突然出现，打破了他的安定。

他抱起它，到处寻问，谁丢了小狗。寻问无果后，他又极力怂恿别人收养它——他要乘火车去上班，按规定，火车上是不允许带小狗的。再说，一个大男人带着小狗上班，算咋回事呢？

所有人都表示了对小狗的喜欢，但没有人愿意收养它。他与它眼神对视，他是无奈的，它是信任的，灵魂与灵魂，在那一刻达成共识：哦，就这样吧，就让我们在一起吧——他带上了小狗。

看到这里，我还是漫不经心的。这部由莱塞·霍尔斯道姆导演的，名叫《忠犬八公的故事》的片子，是帮我调试电脑的小陈随手打开的。片子没卡住，小陈说，你的电脑没问题了，网速挺快的。我哦了声，说谢谢。我并没有打算把这部片子看下去，只当让一种声音，陪伴我。我手头在做另外的事，我把多余的报刊书籍，整理好了，放到一个纸盒箱里。我的房间，因塞满各类报刊书籍，总是显得很凌乱。在这个万物萌动的早春，我心血来潮了，想收拾一下，让春天的气息，来充盈它。

桌上两盆水仙，花苞苞满得快撑不住了，就要开花了。我俯身过去，数了数，一盆里，有六个花苞。一盆里，有五个花苞。而这时，帕克和小狗，已坐到火车上，火车一路轰隆隆向前。画面安静，没有什么特别的。

如果说，最初帕克是因怜悯而收留了这只小狗，那么，随着他与小狗的共处，这种怜悯，已上升为怜爱了。善良与弱小相遇，哪里还有别的路可走？只能在一起，也只有在一起。他和它共食一小篮子的爆米花；他趴在地上，用嘴示范着，教它学捡球。他们的亲密无间，终于让一度对收养小狗持反对意见的妻子，也改变了初衷——她爱他，他的快乐，就是她的快乐。加上女儿的喜欢，这只流浪的小狗，正式成为他们家庭中的一员，取名八公。

日子还是从前的日子，日子又不是从前的日子了。生活中，多了许多的牵挂与惊喜，无论对于帕克来说，还是对于八公来说，相聚的日子，多么幸福。八公在与帕克的嬉戏中，逐渐长大，长成一只威武漂亮的大狗。不过在帕克面前，它还是童年时的那一只，天真无邪。它依赖帕克，简直须臾不能分离。帕克去上班，它非要跟着不可，这一跟，就跟成了小镇上一道风景。

每天早上，他们一起出发，前去小镇的火车站。一路上，他们尽情戏耍，风轻云淡。到了车站，帕克推开那扇通往火车的门，回头，跟八公挥挥手。八公默送着帕克的背影在门后消失，这才不情不愿地转身，自个儿回家。傍晚五点，它准时跑来火车站，等在站台上，接帕克下班。火车轰隆隆开过来了，门开，下车的人流里，帕克远远叫，八公！八公的狂喜，在那一刻，达到极点。它跳过去，尽情撒娇。满世界里，都跳动着他们的快乐。

这样的温情，深深打动了我。我坐下来，一心一意看他们的故事，任房间里一片狼藉。几朵水仙，终于挣脱外面裹着的一层胞衣，"啪"地绽开——花开原是有声音的。就像动物原是有感情的，谁对它好，它就对谁好，单纯、执着。

我在水仙花的花香里，继续看帕克与八公。一天天，他们持续着他们的"约定"，在车站分离又聚合。那样的风景，成了小镇车站站长、卖热狗的小贩、附近商店老板娘眼里最为寻常的景象。大家微笑着看，就像看车站旁长着的一棵树，就像看每天准时到达的火车。尘世的好，就是这样的，一点一滴，蔓延开来。

然而，有天早上，帕克去上班，八公却怎么也不肯跟他一道出门。它呜咽着，在地上打着转。帕克怅然若失地，一个人走向车站，边走边回头。在他推开通向火车的门，就要登上火车时，八公突然出现了。它嘴里叼着一个球，跑向帕克，那是帕克一直想教会它的技艺，之前，它一直没学会。这太让帕克惊喜与骄傲了。他推迟了登车，与它在车站上，玩起捡球的游戏，帕克把球扔出去，八公立即跑去把球给"捡"回来。帕克开心地对每一个路过的人说，瞧，它会捡球了！

我信，狗是有先知先觉的。小时候，我邻居家有狗，一天夜里，那狗突然哭叫不已。天明，那家的主人死了，脑溢血。这里的八公，应是早就预料到了的，这一次，将是它和帕克最后的欢聚。它调动了作为一只狗的全部智慧，想挽留住帕克，但终究，帕克是要走的，火车就要开了，他要去上班。

这一走，帕克再也没有归来，他倒在大学里的演讲台上，突发性的心肌梗塞。

他曾经待过的地方，一下子变得空空荡荡。他的妻子，因怕睹物思人，悲伤地离开了他们曾经的家。他的女儿，彼时已出嫁。她开车回来，带八公走。车子经过了那么多的路，拐过了那么多的弯，她是要让八公，把曾经的记忆，丢在身后的。

新家也温馨，八公受到最好的照顾。然八公却待不住，它的脑海里，全是火车的轰鸣声。它离开了帕克女儿的家，顺着记忆，走回它的车站，走回它与帕克"相约"的地方。在五点的黄昏，在火车就要到站的时候。

门开，门关，那里都不再有帕克。它听不到帕克熟悉的呼唤，它的眼睛里，蓄着深深的悲伤。它等在那里，等在他们相聚的老地方，它是相信他会回来的。车站的人渐渐习惯了它的等待，他们给它送吃的。偶尔也停在它身边，一起忆一忆那个叫帕克的大学教授，他的儒雅，他的谦谦风度。他们对它说，教授永远也不会回来啦。它抬眼看看，仿佛听懂了，却依然固执地趴着，守在那里。

我的泪，终于抑制不住，汹涌而出。随着年岁渐长，我们早已忘掉流泪的滋味，以为这个俗世里，再也没有让自己疼痛的人和事了。我们把这样的人生，叫作淡定和从容。而事实上，内心的柔软一直在的，它被一只叫八公的狗唤醒。

树绿了黄，黄了绿……雪落在八公身上，雨打在八公身上，一天天，一年年。它坚守在那里，等着帕克归来，在黄昏的车站。九年的时间，无有更改，直到它老死在那里。

整部片子，没有过多的曲折，不过是些小场景、小事件，人在慢慢老，狗在慢慢老，情却没有老，且永远也不会老。它就是我们的生活，是被我们忽略掉的一些感动。它让我们对眼下平淡而寻常的日子，重又充满温情的期待，并且学会在生命与生命之间，传递爱，和忠诚。

感谢八公！

烟火爱情

　　家附近有家修车铺，店面不大，只一小间。门口挂一木牌，上面用红漆歪歪扭扭写着几个字：修车，补胎，洗车。

　　经营修车铺的，是一对小夫妻，从山东来的。小夫妻看上去，长相差不多，都是矮矮的胖胖的，皮肤有些黑，笑起来，很憨厚。

　　我常从他们店铺门口过，熟了，他们老远就笑着跟我打招呼，上班了？下班了？诸如此类的。笑容谦卑。

　　他们很少有闲着的时候，我看到他们时，他们手上都在干着活。夫妻俩话不多，却默契着，一个修车，一个递工具；一个洗车，一个打水。整日一件工作服，上面沾满黑的油污。大冬天里，他们的手泡在冷水里，红肿着。望得见日子的艰辛。

　　有时会遇到他们正在吃饭。一人一个大搪瓷缸捧着，白米饭上，卧一小撮咸菜，他们吃得很香。跟他们说，怎么吃得这么节省呢？男人抬头笑，要存钱呢。女人补充，存钱留着小孩子以后上学用呢。

他们有小孩，七岁，在家读小学。谈起孩子，女人的眼睛笑成一条线，说，他聪明着呢，会画画，还会背诗呢。男人什么话也不说，只在一边，嘿嘿地笑。

我以为，这样的夫妻，是现世里的，为生活打拼着的，活得卑微而现实，注定与浪漫离得很远。

却在情人节这天，意外地在他们店里，看到一枝红玫瑰。

红玫瑰插在一个玻璃瓶里，玻璃瓶放在他们吃饭的桌上。桌子破旧，是好心的邻居送他们的。玻璃瓶普通，垃圾堆里，可以一捡一大堆。红玫瑰却开得妍妍，花瓣红丝绒似的，仿佛就摸得着那柔软的质地。一屋子的灰暗，因那一枝红玫瑰，而变得绚丽起来。

这天的活多，男人女人埋首在一堆零件中，手忙脚乱着。我指着红玫瑰，好奇地笑问，这玫瑰花，是谁买了送给谁的？

男人抬头看着我笑，女人抬头看着我笑，他们又同时望了望身后的花一齐笑。

他们最终也没告诉我，花是谁买了送谁的。我笑着跟他们告别，想着也去买一枝玫瑰，送给家里的那个人。阳光下我忍不住回过头去，他们依然在忙碌，身子紧挨着，是花开并蒂莲。小店门前的阳光，铺成河。而他们身后，一枝爱情的红玫瑰，在玻璃瓶里静静地开着，明艳，高贵。

Chapter 4

和解 与自己

与自己
和解

一只瓢虫，爬上我的书桌。我用一本书去挡它的道，它稍稍愣了会，仿佛有点纳闷。尔后它伸出触角，小心地碰了碰那本书，那本书对于小小的它来说，无异于一座山丘。

我以为它要一往无前的，然它放弃了。它果断地转身，向着别处爬去。我又用书去挡，它诧异地停下，重复先前的动作，用触角去碰那本书。等它确信，它不能推翻掉那本书时，它突然扇动翅膀，飞到近处的窗帘上。窗帘的柔软，让它觉得舒适，它稍事休息，又继续它的愉快之旅。我把窗子拉开一条缝，很快，它从那条缝隙里，爬出去了，它回到了它的自然里。

我在心里祝福了这只瓢虫，它很聪明，懂得适时放手，与自己和解。

我们人，有时却不及一只瓢虫。

认识一个叫荷的女子，才华横溢，写一手好文章，漫画也画得极有特色，是一家出版公司的图书策划编辑。出色的才干，让她很快脱颖而出，成了那家出版公司的顶梁柱。白天，她奔赴在一家又一家的图书市场，搞调研，写策划方案。晚上，她一头埋进约稿堆里，写作，画漫画。常常她的文章写完了，漫画画好了，窗外的天空，已发白。

　　"累，真累。"这几乎成了她的口头禅。她的日子里，仿佛覆盖着一场又一场大雾，茫茫复茫茫，无尽头。她没有时间完完整整听一首音乐，没有闲情去看一部电影。更遑论听听花开的声音，看看云飘的样子，她甚至没有时间，好好谈一场恋爱。

　　也知道这样的日子，过得很不是滋味，整天憔悴着一张脸，未老先衰，却不能停下奔跑的脚步，"我一天不努力，也许就被别人甩得远远的了。"她说。

　　重重压力之下，她变得越来越不快乐，最后，竟患上了严重的抑郁症。一天，她趁人不备，跳了楼。

　　惋惜！那些文章，她完全可以少写一些；那些漫画，她完全可以少画一点。生命之弦，原有它承载的极限和底线，绷得过紧，势必弦断。

　　朋友倩也曾是个十分要强的人。她经营一家大型超市，事必躬亲，事无巨细，常常累得人仰马翻，心情烦躁。直到有一天，四岁的女儿哭着对她说："你不是我妈妈。"她大惊失色，忙问为什么。女儿答："小朋友的妈妈，都陪小朋友玩，你从来没有陪我玩过。"

　　倩的心，像被一把锐器划过，尖利利地疼。那天，她放下手头一切工作，带女儿去逛公园，陪女儿去吃必胜客，她们一直玩到很晚才回家。月亮升起来了，皎洁圆润，她和女儿头挨头地在一起看月亮。女儿摸着她的脸，稚嫩的声音，把她的心泡软，女儿说："妈妈，你的脸像月亮，我好喜欢呀。"倩的眼睛湿了，那一刻，她忽然明白了，她想要的生活是什么。钱永远赚不完的，而与女儿的相守，每一分每一秒，都是难能可贵不可再生的。

从此后，倩放缓了前行的脚步，主动与自己达成和解。她告诉我，现在她每天都去幼儿园接女儿。当她牵着女儿的小手，从一棵一棵的梧桐树下走过，从大朵大朵的美人蕉旁走过，小麻雀们排着队在树上唱歌，她嗅到了幸福的味道，浓烈的，花香般的。

怀一颗
感恩的心

　　朋友意外出车祸，九死一生。昔日英俊挺拔的一个人，因车祸，失去双腿，从此，他只能与轮椅为伴。

　　我们去看他，以为他定是颓败的，所以，提前预备了很多漂亮的话，好带去安慰他。甚至作好陪他落泪的准备。然而，到他家后，我们看到的场景，却是另一番的：暖阳遍洒的阳台上，他在喂养一群鸽。身旁的一株海棠，开得热烈，铺一盆粉色的花朵。

　　阳光下，朋友平静地给我们讲那起车祸，讲他从昏迷中醒过来时，他内心的狂喜多于痛苦，他想的是，上帝啊，我还活着！是的，还有什么比活着更让人感恩的呢？纵使他没有了双腿，可他依然能呼能吸，能吃能睡，多么幸运！

　　原来，只要我们怀着一颗感恩的心，苦难也会开出幸福的花朵。

　　我认识一青年，以自己个人名义，成立了一个助学基金会。为此，他不得不一人兼多职，拼命赚钱。有人笑他傻。他跟别人讲他的故事，很小的年纪时，父母在海上遇难，他成了孤儿，是东家一口饭、西家一口菜喂养了他。后来上学，所有费用，全来自一些好心人的捐助。他说："我的一切，都是这个世界给予的，所以，我要回报这个世界，这样，就会有更多的人，获得温暖，好渡过人生的危艰。"

原来，只有怀一颗感恩的心，世界才会变得更美好。

漫漫人生路上，我们应该感恩的，原是那么多那么多：

感恩父母。无论我们如何平庸，在父母眼里，我们都是他们亲生的骨肉，是他们心头永远丢不下的牵挂。

感恩老师。是他们春风化雨，一日一日，用知识浇灌着我们，让我们像植物一样，蓬勃生长。

感恩朋友。是他们收容了我们的笑和眼泪。当我们需要倾诉时，朋友是最好的听众。当我们最无助的时候，朋友的肩，可以借我们倚一倚，我们会振作起来，重新上路。

感恩来自陌路的微笑和关照。那或许是在一次旅途中，或许是在人生的低谷里，那来自陌路的微笑和伸手的温暖，会焐热我们薄凉的旅途和人生，让我们顺利地跨过生命中的坎。

感恩一饭一粥，一菜一蔬。种田的农人都知道，一粒米，七碗水。说的是种田的艰辛。"谁知盘中餐，粒粒皆辛苦"，一饭一粥，一菜一蔬，原都来之不易。

感恩阳光雨露。因为有了它们，这个世界才有了叶绿花红、鸟语花香，才有了灿烂涟漪。我们才可以看到姹紫嫣红，才可以享受生命的鲜活与芬芳。

感恩日月星辰。太阳给人温暖，月亮给人清辉，星星给人繁密的向往。即使有一天，我们失去得一无所有，我们还有满天的星辰可以照耀，我们会因此获得重生的勇气。

如果可以这样爱你

母亲坐在黄昏的阳台上，母亲的身影淹在一层夕照的金粉里，母亲在给我折叠晾干的衣裳。她是来我这里看病的，看手。她那双操劳一生的手，因患风湿性关节炎，现已严重变形。

我站在她身后看她，我听到她间或地叹一口气。母亲在叹什么呢？我不得而知。待得她发现我在她身后，她的脸上，立即现出谦卑的笑："梅啊，我有没有耽搁你做事？"

自从来城里，母亲一直表现得惶恐不安，她觉得她是给我添麻烦了。处处小心着，生怕碰坏什么似的，对我家里的一切，她都心存了敬意，轻拿轻放，能不碰的，尽量不碰。我屡次跟她说："没关系的，这是你女儿家，你想做什么就做什么。"母亲只是笑笑。

那日，母亲帮我收拾房间，无意中碰翻一只水晶花瓶。我回家，母亲正守着一堆碎片独自垂泪，她自责地说："我老得不中用了，连打扫一下房间的事都做不好。"我突然想起多年前，我还是个小小女孩时，打碎家里唯一值钱的东西——一只暖水瓶，我并不知害怕，告诉母亲："是风吹倒的。"母亲把我上上下下检查了一遍，看我伤了没有，而后揪我的鼻子，说："还哄妈妈，哪里是风，是你这个小淘气。"我笑了，母亲也笑了。现在，我真的想母亲这样告诉我："啊，是风吹倒的。"尔后我搂住她说："哪里是风，原来是妈妈这个老淘气。"母亲却没有，尽管我一再安慰她没事的没事的，母亲还是为此自责了好些天。

送母亲去医院，排队等着看专家门诊。母亲显得很不安，不时问我一句："你要不要去上班？"我告诉她，我请了假。母亲越发不安了，说："你这么忙，我哪能耽搁你？"我轻轻拥了母亲，我说："没关系的。"母亲并不因此得到安慰，还是很不安，仿佛欠着我什么。

轮到母亲看病了，母亲反复问医生的一句话是，她的手会不会废掉。医生严肃地说："说不准啊。"母亲就有些凄然，她望着她的那双手，喃喃语："怎么办呢？"出了医院，母亲跟我叹着气说："梅啊，妈妈的手废了，怕是以后不能再给你种瓜吃了。"我从小就喜欢吃地里长的瓜啊果的，母亲每年都会给我种许多。我无语。我真想母亲伸出手来，这样对我说："啊，妈妈病了，梅给我买好吃的。"我小时候病了，就是这样伸着手对着母亲的，我说："妈妈，梅病了，梅要吃好吃的。"母亲就想尽办法给我做好吃的。有一次，母亲甚至卖了她珍爱的银耳环，给我买我想吃的鸭梨。

带母亲上街，给母亲买这个，母亲摇摇头，说不要。给母亲买那个，母亲又摇摇头，说不要。母亲是怕我花钱。我硬是给她买一套衣服，母亲宝贝似的捧着，感激地问："要很多钱吧？"我想起小时候，我看中什么，总闹着母亲给我买，从不曾考虑过，母亲是否有钱，我要得那么心安理得。母亲现在，却把我的给予，当作是恩赐。

街边一家商场在搞促销，搭了台子又唱又跳的，我站着看了会儿。一回头，不见了母亲。我慌了，大字不识一个的母亲，如果离开我，她将怎样的惶恐？！我不住地叫着妈，却见母亲站在不远处的一棵梧桐树下，正东张西望着。看见我，她一脸惭愧，说："妈眼神不好，怎么就找不到你了，你不会怪妈妈吧？"突然有泪想落，多年前的场景，一下子晃到眼前来。那时，我不过四五岁，跟母亲上街，因为贪玩，跑丢了。当母亲一头大汗找到我时，我扑到她怀里委屈得大哭。母亲搂着我，不住嘴地说："妈不好，妈不好。"而现在，我的母亲，当我把她"丢"了后，她没有一丁点儿委屈，有的，依然是自责。

我上前牵了母亲的手，像多年前，她牵着我的手一样，我不会再松开母亲的手。大街如潮的人群里，我们只是一对很寻常的母女。如果可以这样爱你，妈妈，让我做一回母亲，你做女儿，让我的付出天经地义，而你，可以坦然地接受。

他会在乎

晚饭后，去步行街散步。我喜欢那里干净的路面，和道旁的绿树红花，还有极具人文气息的文化。每天晚上，那里总聚集着一群又一群人，随着音乐翩翩起舞——这是小城近年来兴起的一项运动。吃饱喝足的人们，想着要健康了，于是纷纷走上街头，跳舞健身。

孩子们在溜冰。他们小小的身影，小鱼一样的，从我的身边游过去，再游过来。欢叫声此起彼伏。走近这样的人群，我极容易想起一个词，这个词叫其乐融融。

就在这时，我看见了他，迎面挪来。是的，是挪。因为他一步移不了二寸，腰背伛偻如弯弓，让人担心着随时会折断。璀璨的路灯，照见他一张愁苦沧桑的脸，仿佛跋山涉水。他肩上捎着个破麻袋，不知里面装着啥。一只手从破旧的衣袖里伸出来，手掌向上，朝着路人，不言不语。可全部的肢体语言分明在说，行行好吧，给我点钱吧。

这样的老人，每个城市街头都有。这世上，富足与贫苦，幸福与困厄，永远都是相对的。

路人有的避他而走，有的视而不见。广场上，跳舞的人们依旧在跳舞，"小小的一片云呀，慢慢地走过来，请你们歇歇脚呀，暂时停下来……"歌曲节奏明快，跳不尽的欢乐。孩子们依旧在溜冰，你呼我喊的。我身边的朋友牵牵我的衣角，朝他努努嘴说："别理他，这种人见多了，说不定是骗人的。"

我于是避开那只试图伸向我的手，走开。心里却极度不安，我不知道为什么不安。我立定，回头望，他还徒劳地伸着手，朝着路人，手掌向上。一晚上，不知他能讨回几文。我踟蹰了一会儿，终折回去，在他伸出的手上，轻轻放上十块钱。

朋友对我的行为大不屑，她说："如果他是骗子，你给他钱是助长了他。如果他不是骗子，你给他十块钱能帮他什么呢？明天他还是要露宿街头。再说，每天都会遇到这样的人，你帮得过来吗？"

我承认朋友说得对。然而十块钱毕竟可以买到两大碗面条，可以买到五瓶矿泉水，可以买到一把挡雨遮阳的伞——有，总比没有好。

想起一个旧故事来：暴风雨狂卷过后的海边沙滩上，搁浅着许多条小鱼，全都奄奄一息。一小孩路过，起了怜悯，他弯下腰，不停地捡呀捡，把捡到的小鱼扔回大海。旁有一散步男人，站着看了半天，觉得小孩的行为很好笑，他走过去提醒小孩："这儿有成百上千条小鱼，你救不过来的。"小孩说："我知道。"男人听了他的回答，惊讶不已，问："那你为什么还在捡呢，谁在乎？"小孩捡起一条，扔进大海，头也不抬地回他："这条在乎。"再捡起一条，扔进大海，说："这条也在乎。"

是的，我们再怎么张开双臂，也庇护不了所有的饥寒和困苦，但我们足可以在我们力所能及的范围内，搭出一片温暖——给人一杯水，一碗饭，一件衣，或者，仅仅是送上一个鼓励的微笑。

那或许正是他人的活命之源，他会在乎。

我就在这里

　　常常，我们会不期然地相遇到一个人，一片景，一件物件，一首曲子……在相遇的刹那，心中的弦，"砰"的一声被弹响，哦，原来，你在这里！贴心贴肺，仿佛前世约定。

　　一截小院墙。院墙上，爬满开得好好的三角梅，密集的一朵朵。俏眉俏眼的，在清风中浅笑。突然，从院内走出一个小女孩，八九岁的样子，穿着破旧的衫。她跳着去掐那些花，一朵一朵往头上插，一边唱着歌。那是云南的乡下，山野荒芜，房屋低矮。可小女孩无邪的天真，让那个偏远的乡村显得格外甜美。

　　那会儿，我突然想做一朵三角梅，插在小女孩的头上。回来后，我总不由自主地会想起那次相遇，心变得柔软。我们每天面对的是纷繁复杂，可单纯并没有走丢，它在那儿，它就在那儿。

　　上班的路上，有一片废弃地，矮墙圈着，里面杂草丛生。杂草自然没什么看头，所以我路过，从未走近过。

某天，黄昏时打那儿过，老远就瞥见杂草丛中一星红，在黛色的天空下，煞是夺目。我跑过去一看，差点乐坏了，那竟是一株胭脂花。它因误入草家族，被"欺负"得瘦骨伶仃，美丽却不肯丢，期期艾艾开了花。一朵一朵，鼓着腮，噘着嘴，像在吹着小喇叭。我似乎就听到它们的笑声，咯咯咯的，滚落在草丛中。我久久站在那里，微笑着，傻看，心里漾着一波一波的感动。那个寻常的黄昏，因了那些胭脂花，竟美丽得无与伦比。

逛地摊。突然就瞥见它了——一枚铜戒，上面雕一朵古铜色的花，花瓣儿瓣瓣张开，似在翘首等着我。在一堆的玻璃珠子和银手镯中，它乖巧得如同小女儿，眉清目秀。我痴痴看着，心中欢喜得波澜四起。一旁的朋友说，这是假的，不值钱的。我并不介意，赶紧掏钱买下它。戴我手指上，刚刚好，仿佛定做。这种相遇相惜的缘分，千金难买。

去商场。被一首曲子惊住，整个人动弹不了，就那么傻傻地站在门口，仰着头听。天冷，风呼啸着扑过来，也不管的。路过的人都好奇地看着我，也不管的。曲子婉转，似秋风爬上弯曲的山道，一旁有溪水叮咚做伴。我在曲子里沉沦，百转千回，如初恋。

在我们的一生中，到底有多少这样的相逢？人生的每一次遇见，都是生命中巨大的欢喜。喏，就是这样的，我就在这里，靠近，且温暖。

生命自在

　　去山东，在沂水大峡谷，遇见一红衣少年。谷口，挤挤挨挨摆了许多摊子，都是卖地方土特产的。红衣少年也夹在其中，只是他的摊子与众不同，他的摊子卖的是蝎子，活的，在几片草叶间蠕动。草叶子装在一个红塑料桶里，有点小恐怖。

　　少年的左颊上，卧两块铜钱大小的紫红色疤痕，火烧火燎般的。他在抛一枚核桃玩，抛上去，伸手接住。再抛上去，伸手接住。乐此不疲。他的近前，围了一些游人，好奇的居多，大家看看他桶里的蝎子，再看看他。无一例外的，人们都对他脸上的疤产生兴趣：

　　"这疤是怎么来的？"

　　他镇定自若地答："胎记。"

　　"不会吧，哪有胎记是这个样子的？是不是捉蝎子时，被蝎子蜇的？"问者不依不饶。

周围一阵哄笑。

"不，是胎记。"他抬眼笑一笑，继续抛他的核桃玩。

忘不了这个场景，忘不了卖蝎子的这个红衣少年，嘴唇边轻轻荡着一抹笑，他镇定自若地答："胎记。"他坦然面对的那种淡定，让我的灵魂颤动，将来的将来，他或许会遇到辛苦万千，但我相信，他能应对自如。

辽宁。乡下。傍晚时分。我在人家的路边瞎转悠，村庄安静，石头垒的篱笆墙上，牵一些扁豆花，紫蝴蝶一样的。墙根处，开满波斯菊，活活泼泼地占尽绚烂，红红，黄黄。夕阳远远地抛过来，石自在，花自在。心里面陡地温暖起来，哪里的乡下，看上去都让人觉得亲切，不疏远。因为它们骨子里有着相同的性情，都是憨厚朴实的。

突然听到有歌声，在篱笆墙那边响起。歌声嫩得如三月的草芽，沾着露的清纯。我悄悄探过头去，看到一个小女孩，旧衣旧衫，正弯着小小身子，掐着墙边的花，往头上插。山花插满头。

怕惊扰了她，我慢慢走开去。远处的山峦，隐隐约约。有两只晚归的雀，在我头顶上空"吱"一声叫，飞过去。它们落到我眼里的样子，像两朵在空中盛放的黑花朵。遥远的乡下，谁撞见了这份美？——那都无关紧要的。生命自在。常去一家水果摊买水果。摆水果摊的，是个女人。男人伤残在家，还有一个孩子正读中学，日子是窘迫的。女人四十岁上下，风吹日晒，算不得美了。可是女人却是美的，因为，她有着鲜艳的红唇，修长的黑眉毛，——明显妆饰过了。她笑眯眯地坐在一排水果后，让人忍不住看两眼，再多看两眼。——美原是可以这样存在的。为什么不呢？

　　女人让我想起一种花来，我不知道那花的名字，它或许本来就没有名字的。深秋的一天，我偶然撞见它的盛放。花小得像米粒，若不细看，就被忽略了。花长在路旁，在一棵冬青树的后面。冬青树枝繁叶茂，像一道厚重的门，把它给遮掩了。可是，它开花了，一开就是一片，粉蓝的，像米粒一样撒落。娇小，精巧。美好自在。

小
欢
喜

　　喜欢这样一种状态：太阳很好地照着，我在走，行人在走，微笑，我们对面相见不相识。心里却萌生出浅浅的欢喜，就像相遇一棵树、相逢一朵花。

　　路边的热闹，一日一日不间断。上午八九点的时候，主妇们买菜回家了，她们蹲在家门口择菜，隔着一条巷道，与对面人家拉家常。阳光在巷道的水泥地上跳跃，小鱼一样的。我仿佛闻到饭菜的香，这样凡尘的幸福，不遥远。

　　也总要路过一个翠竹园。是街边辟开的一块地，里面栽了数杆竹，盖了两间小亭子，放了几张石凳石椅，便成了园。我很爱那些竹，它们的叶子，总是饱满地绿着，生机勃勃，冬也不败。某日晚上路过，我透过竹叶的缝隙，看到一个亮透了的月亮，像一枚晶莹的果子，挂在竹枝上。天空澄清。那样的画面，经久在我的脑海里，每当我想起时，总要笑上一笑。

还是这个小园子，不知从哪天起，它成了周围老人们的天下。老人们早也聚在那里，晚也聚在那里，吹拉弹唱，声音洪亮。他们在唱京剧。风吹，丝竹飘摇，衬了老人们的身影，鹤发童颜，我常常看得痴过去。京剧我不喜欢听，我吃不消它的拖拉和铿锵。但老人们的唱我却是喜欢的，我喜欢看他们兴高采烈的样子，那是最好的生活态度。等我老了，我也要学他们，天天放声歌唱，我不唱京剧，我唱越剧。

　　路走久了，路边的一些陌生便成熟悉。譬如，拐角处那个卖报的女人，我下班的时候，会问她买一份报，看看当天的新闻。五月，她身旁的石榴树，全开了花，一盏盏小红灯笼似的，点缀在绿叶间，分外妖娆。我说，你瞧，这些花都是你的呀。她扭头看一眼，笑了。再遇见我，她会主动跟我打招呼，送上暖人的笑。有时我们会电聊几句，我甚至知道了，她有一个女儿，在读高中，成绩不错。

　　还有一家花店，开在离我单位不远的地方。花店的主人，居然是个男人，看起来五大三粗的。男人原是一家机械厂的职工，机械厂倒闭后，男人失了业。因从小喜欢花草，他先是在碗里长花，阳台上长一排，有太阳花，有非洲菊，有三叶草。花开时节，他家的阳台上，成花海。左邻右舍看见，喜欢得不得了，都来问他讨要。男人后来干脆开了一家花店，买了一些奇奇怪怪的小花盆，专门长花草。那些小花盆里长出的花草，都一副喜眉喜眼的样子，可爱得很。看他弯腰侍弄花草，总让人心里生出柔软来。我路过，有时会拐进去，问他买上一盆两盆花，偶尔也会买上几枝百合回家插。他每次都额外送我几枝满天星，说，花草可以让人安宁。真想不到这样的话，是他说出来的。一时惊异，继而低头笑，我是犯了以貌取人的错了。我捧花在手，小小的欢喜，盈满怀。

也在路边捡过富贵竹。是新开张的一家店，门口祝福的花篮儿，摆了一圈。翌日，繁华散去，主人把那些花篮，随便弃在路边。我看见几枝富贵竹，夹杂在里头，蔫头蔫脑的，完全失了生机。我捡起它们，带回家，找一个玻璃瓶插进去。不过半天工夫，它们的枝叶，已吸足水分，全都精神抖擞起来。

再隔几日，那几枝富贵竹，竟冒出根须来。隔了一层玻璃看，那些根须，很像银色的小鱼。我把它们放在我的电脑旁，无论我什么时候看它们，它们都是绿盈盈的。这捡来的一捧绿，让我心里充满感动和快乐。

曾经我想过一个问题：这凡尘到底有什么可留恋的？原来，都是这些小欢喜啊。它们在我的生命里，唱着歌，跳着舞。活着，也就成了一件特别让人不舍的事情。

人间岁月，各自喜悦

　　一月，我去北京开会。遇到北京第一场雪，小，米粉似的，薄薄敷了一层在地上。晚上，我踩着这样的薄雪，一个人逛北京城。在街头遇到卖烤山芋的，让我恍惚半天，以为是在我的小城。我买一只，焐着手，站在风里跟烤山芋的老人说话。老人是河北的，来北京十多年了。老伴也来了。儿子也来了。我问，北京好，还是老家好？老人望了我笑，说，老家当然好啊。不过这里也好的，一家人都在这里。过了一会，他又说道。我微笑起来，一家人在一起，再艰辛的岁月，也是温暖的。

　　二月，我在家养病。时光奢侈得不像话了，我可以长时间打量一株植物，譬如，花架上的水仙。我看着它抽叶，看着它打花苞苞，看着它盛开，捧出一颗鹅黄的、香喷喷的心。"仙风道骨今谁有？淡扫蛾眉篸一枝"，我喜欢这两句。水仙配美人，再恰当不过了。

还有桌上的风信子，一团雪白，一团淡紫。我盯着它们看，觉得热闹。花开如同市井，也各有各的欢腾喜悦。

三月，我的身体渐渐康复。蛰居多日，我出门去，有点像春天破土而出的虫，望见什么都是新奇的。我走过一座桥，被河里的阳光牵住了脚步。我就从没见过那么好看的阳光，它们在水面上跳着舞，群舞。白衣白裙上，缀满银珠儿。跳得满世界都开了花。桥那头的街道边，烧饼炉子还在那里。摊烧饼的女人，把一把把做馅用的嫩葱晾在匾子里。那会儿空闲着，她站在那里望街，围裙上沾着白面粉。阔别很久，这个尘世还是一如既往的活色生香，让人心安。

四月，我跑去看山看水。水是溪口的剡溪。水清得像孩子眼里的晶莹，我恨不得下去捧了喝。当地人却不在意，弯腰在河里洗涮，不惊不乍，从容自得，惹得我频频回头看。山叫雁荡山，有"东南第一山"的美誉。白天看。晚上看。任凭你想象去吧，像鸟、像鹰、像虎、像骆驼、像睡美人、像牧童。山只不语，以它的姿势，俯瞰众生，千年万年。

我还跑去洛阳看牡丹。繁华已过，只留余韵。人都替我遗憾，花都谢了呀，你来晚了呀。我倒不觉得可惜，仍是一个园一个园兴味十足地看过去，绿叶铺陈，偶见牡丹花一朵两朵，也都是开尽了的模样。喧闹远去，唯留宁静。我以为，这样的宁静，更接近生命的本质。大浪淘尽，岁月安稳。

六月，我驱车百十里去看荷。邻县乡下，大大小小的水塘里，全是荷。白的面若凝脂，红的红粉乱扑。每年，我都不曾错过它的华丽出演。我想，人生要的就是不辜负，不辜负这双眼睛，不辜负这一塘一塘的荷，不辜负这当下的好时光。

八月，我一路向西，去向往中的西藏。在西藏，我遇到不少叩长头进藏的藏民，他们风餐露宿，一路艰辛，只为拜见心中的佛。大太阳下，他们风尘仆仆，脸上却无一例外的，有着让人敬畏的坦然和从容。信仰让人强大，这是西藏教给我的。

十月，我领着家里两个老人，在西子湖畔住了几天。满街飘着桂花香，满湖飘着桂花香，我总忍不住张嘴对着空气咬上一口，再一口。夜晚，我独自去钱塘江畔漫步。看一星点的航标，在黑夜里闪。江水一会儿湍急，一会儿舒缓。这岸笑语喧哗，对岸灯火辉煌。尘世万千，各各欢喜。

十一月，我去了崇明岛。江中小岛，四野苍翠。原是江边人家打鱼歇脚之处，后却繁衍出一个一个的集镇。我在一个叫城桥的小镇住下，听一夜风吹雨打，江水咆哮，担心着岛会沉没。早起，却风平浪静，卖崇明糕和毛脚蟹的当地人，提篮推车鱼贯而出。岛上渐渐盛满热闹繁华。我穿行在那样的热闹繁华里，体味着活的美好。

现在，岁末临近，我安安静静等着，等着旧年翻过去，新年走过来。凡尘俗世，我一直是一粒认真行走的尘，无所遗憾，内心安稳。

捡拾幸福

我上下班，常要从一条小巷过。有时骑车。有时乘车。也偶尔，会步行。

小巷很有些年岁了，两边的房都泛着灰。大多数是老式平房，有天井纵深。朝向巷道的一面，开着小店，卖些杂七杂八的日常生活用品。还有蛋糕店、馒头店、卤菜店、理发店、水果店、裁缝店，和一家报亭等。一些小摊见缝插针摆在路边，是些乡下农人来卖时令果蔬的。蚕豆上市了卖蚕豆。草莓上市了卖草莓。青菜上市了卖青菜。来自山东卖炒货的一对老夫妇，在一幢房的边上，搭了棚屋住，一住就是二十多年。炒货一袋袋，香喷喷，摆在棚屋门口卖。那里的空气中，便常拌着炒货的香。

巷道边上，长着成年的海桐、合欢、荷花玉兰和栾树，绿荫如顶。人是有福的，大多数时候，抬头就能见花。白，或红，大团的，或大朵的，总是不知疲倦地开。只是日日相见，我们多的是熟视无睹。步履匆匆，花白花红，不落一点到心里。

那日，我又经过小巷，照例行色匆匆。我走过一家小店，又一家小店，无意中一瞥，看见卖炒货的那对老夫妇，正守着他们的炒货摊，在合吃一只橘。午后三四点，风轻云淡，客少人稀，这清闲的一段时光，是属于他们的。他们肩并肩坐在那儿，你一瓣橘，我一瓣橘，吃得幸福满满的，脸上是闲花落尽后的安然。

我被他们手中的一只橘子击中，傻傻地看他们，看得眼睛微湿。我望见了这个尘世间最朴质的相守，无关山盟，无关海誓，无关富贵荣华，只要稍稍转过头来，你就能望见我，我就能望见你。

再看眼前的寻常，突然变得样样生动。那些旧的房，是生动的。一缕阳光斜斜地打在上面，波光粼粼，如小鱼在跳舞，守着小摊卖水果的女人，是生动的。唇上一抹红，印在她黝黑的脸上，分外夺目。显然，她是抹过口红的；有孩子的笑声，从幽深的天井里传出来，清脆丁零，是生动的。他在玩什么游戏呢？童年时光，寸寸金色；乡下来卖果蔬的老农，是生动的。他半蹲着，笑眯眯看街景，脚跟边，堆一堆新鲜的芋头。我买几只，想回家做芋头羹吃。他帮我挑拣大个的，殷殷说，全是地里长的呢。为他这一句，我笑了半天。

还有那些树，是生动的。我稍一仰头，就与一捧一捧的红蒴果相逢。那是栾树的果，望过去，像纸叠的红灯笼。它把生命的明艳，一丝不苟地写在秋的册页上。

迎面走过来的女孩，是生动的。她手捧一盆新买的玉簪，且走且乐，脚步轻盈，眉目飞扬。

我不再急着赶路，而是慢慢走，微笑着看。看天，看地，看树，看花，看人。我像踩着一朵云在走，心里充盈着说不出的美好。这个寻常的秋日午后，我捡拾到了大捧的幸福，那是一只橘子的幸福。一缕阳光的幸福。一抹口红的幸福。一朵笑声的幸福。几只芋头的幸福。一捧红苹果的幸福。一盆玉簪的幸福。是这个恋恋红尘中活着的幸福。

穿旗袍的女人

　　六年前，我在一个小镇住，小镇上有个女人，三十多岁的模样，无职业，平时就在街头摆个摊，卖卖小杂物，如塑料篮子、瓷钵子什么的。

　　女人家境不是很好，住两间平房，有两个孩子在上学，还要侍奉瘫痪的婆婆。家里的男人也不是很能干，忠厚木讷，在工地上做杂工。这样的女人，照理说应该是很落魄的，可她给人的感觉却明艳得很，每日里在街头见到她，都会让人眼睛一亮。女人有如瀑的长发，她喜欢梳理得纹丝不乱，用发夹盘在头顶上。女人有顾长的身材，她喜欢穿旗袍，虽然只是廉价的衣料，却显得款款有致。她哪里像是守着地摊赚生活啊，简直是把整条街当成她的舞台，活得从容而优雅。

　　一段时期，小街人茶余饭后，谈论得最多的就是这个女人。男人们的话语里带了欣赏，觉得这样的女人真是不简单。女人们的言语里却带了怨怼，说："一个摆地摊的，还穿什么旗袍！"隔天，却一个一个跑到裁缝店里去，做一身旗袍来穿。

女人不介意人们的议论，照旧盘发，穿旗袍，优雅地守着她的地摊，笑意盈盈，周身散发出明亮的色彩。这样的明亮，让人没有办法拒绝，所以大家有事没事都爱到她的摊子前去转转。男人们爱跟她闲聊两句，女人们更喜欢跟她讨论她的旗袍，她的发型。临了，都会买一件两件小商品带走，心满意足。

几年后，女人攒足了钱，又贷了一部分款，居然就买了一辆中巴车跑短途。她把男人送去考了驾照，做了自家中巴车的司机。她则随了车子来回跑，热情地招徕顾客。在来来去去的奔波之中，她照例是盘了发，穿着旗袍，清清丽丽的一个人。她的车也跟别家的不同，车里被她收拾得异常整洁，湖蓝色的坐垫，淡紫色的窗帘，给人的感觉就是雅。所以，小镇人外出，都喜欢乘她的车。

她的日子渐渐红火起来，却不料，很意外地出了一起车祸。所赚的钱全部赔进去了，还搭上一辆车和几十万的债务。她的腿也受了很重的伤，躺在医院里，几个月下不了床。小镇人都说："这个穿旗袍的女人，这下子倒下去是爬不起来了。"

可是半年后，她却在街头出现了，干着从前的老本行——摆地摊儿，卖些杂七杂八的日常生活用品。她照例盘发，穿旗袍。腿部虽落下小残疾，但却不妨碍她把脊背挺得笔直，也不妨碍她脸上挂上明亮的笑容。

我离开小镇那年，女人已不再摆地摊了，而是买了一辆出租车在开。过两年，小镇有人来，问及那个女人，小镇人说："她现在发达了，家里有两辆车子，一辆跑出租，一辆跑长途。"最近又听小镇人说，女人新盖了三层楼房。我问："她还盘发吗？还穿旗袍吗？"小镇人就笑了，说："如果不盘发，不穿旗袍，她就不是她了。真的呢，她还跟从前一样漂亮，一点没见老。"

这样的女人，是应该永远活得如此高贵的，是从骨子里透出来的那种高贵，什么样的艰难困苦也湮没不了她。

Chapter 5

七里香

幽幽

月下我的影子，像头年轻的小鹿

懒得脱下珊瑚绒的睡衣，我就穿着它，出门去跑步。

每晚，我都要出门小跑一会儿，这成了我一天中最享受的时光。

夜色是最好的遮挡，没人觉得我怪异。我可以跳着走，蹲着走，倒着走，傍着走。我也可以踩着舞步，手舞足蹈，哼着唱着。同样的，没人觉得我怪异。

这个时候，便是真正自由的一个人了。万千世界，都是我的。

一路的花香、草香、树叶香，浓的、淡的、深的、浅的，缠缠绕绕。我闻闻这朵花，认认那棵草。黑夜里，它们的面容看不真切，视觉便退居一旁，味觉开始上位。闻闻吧，闻闻就知道了。这就有了再相识的欢喜。

露珠的清澈，让人忍不住想尝上一口。风也是带着好意的，吹过来，拂过去，跟逗你玩儿似的。黑夜使得一切变得纯粹，滤去了浮华，还原了本真。它使我想起"沉淀"这个词。黑夜是最经得起沉淀的。

拾荒的老人，单独一间小棚子，搭建在路边。应该属违章建筑吧，愣是没有人来把它拆掉。一个月，两个月，半年，一年，它都在。晚上，老人在门前拉只大灯泡，足足有二百瓦，亮闪闪的，把门前的一截路，都给照亮。老人在灯下分拣荒货。夏天的时候，是打着赤膊的。一旁的随身听里，放着河北梆子，或是陕西秦腔，一律的高嗓门，铿铿铿，锵锵锵。对老人这种重口味，我起初真是好奇得很，他是真心喜欢呢，还是借此排解寂寞？后来，我听多了，竟也喜欢上那唱腔，它有种让人的每个毛孔都舒展开来的畅意。

我真愿意他一直就这么住下去。我跑步的这条路上，有了他的存在，就生出鲜活的味道。那是尘世应有的味道，让人欢喜，让人不舍。

其实，每次出门前，我也纠结着来的。我家那人不喜动弹，他总是半歪在沙发上，手里随便翻本书，或是拿着电视遥控器，随便调台。他劝我，说，今晚你就不跑了吧，休息一晚，陪我看看电视多好。

——我也想那么干。人都是有惰性的，人都喜舒适的。但最终，我还是说服自己出了门。多少天的坚持，我不想在这一天出现断裂，那会让我觉得遗憾。

人的行为，往往都在一念之间。你抬脚迈出了那一步，你也就战胜了你自己，成全了你自己。就像我每每出门之后，都会觉得很庆幸，我让一天又以完满告终。要不然，我将错过这一晚的花香草香，错过这一晚的露珠夜色，错过这一晚的河北梆子和秦腔。

月亮是什么时候撑在半空中的？它像一个人，早早地等候在那里。

我不时抬头看看它，觉得它也在看我。

月亮走，我也走。

天空像一口井，水波不现，月亮是浮在水上的一朵白莲花。

又觉得它更像一匹白丝绒，月亮是托在上面的一块打磨过的玉，圆润，质地醇厚。

《诗经》里有赞美诗：月出皎兮，佼人僚兮。说是赞美月下美人，我觉得更像是在赞美月。月的皎洁，才衬出美人之纯。天空干净，大地才会干净。

我在月下小跑。路上也有三两个锻炼的人，有的被我赶上了，有的赶上了我。我们不说话，只相互打量一眼，笑笑，继续跑着自己的。

后来，曲终人散，只剩下我，还在跑。和我一起跑着的，还有风，还有一个世界的花香草香。

月下我的影子，看上去比我年轻。它像一头年轻的小鹿，欢跳着一路向前。

幽幽
七里香

　　三层小楼，粉墙黛瓦，阅览室设在二层。靠楼梯的一面墙上，满满当当的，摆的全是书。朝南的窗户外面，植着七里香。人坐在室内看书，总有花香飘进来，深深浅浅，缠绵不绝。

　　这是当年我念大学时，学校的阅览室。对于像我那样痴迷读书，而又无钱买书的穷学生来说，这间免费开放的阅览室，无疑是上帝恩赐的一座宝藏。在那里，我如饥似渴，阅读了大量的中外文学书籍。也是在那里，我初次接触到《诗经》，立马被那些好听的"歌谣"迷上。野外总是天高地阔的，我一会儿化身为那只在河之洲的雎鸠，一会儿又变身为采葛的女子，岁月绵远，天地皆好。

　　其实那时，我心卑微。我来自贫困的乡下，无家世可炫耀，又不貌美，穿衣简朴，囊中时常羞涩。在一群光华灼灼的城里同学跟前，我觉得自己真是又渺小又丑陋。

读书却使我的内心，慢慢儿的，变得丰盈。那真是一段妙不可言的光阴，每日黄昏，一下了课，我匆匆跑回宿舍，胡乱塞点食物当晚饭，就直奔阅览室而去。看管阅览室的管理员，是个三十多岁的年轻人，个高，肤黑，表情严肃。他一见我跑去，就把我看的《诗经》取出来，交我手上，把我的借书卡拿去，插到书架上。这一连串的动作，跟上了发条似的，机械连贯，滴水不漏。我起初还对他说声谢谢的，但看他反应冷淡，后来，我连"谢谢"两字也免了，只管捧了书去读。

读着读着，我贪心了，我想把它据为己有。无钱购买，我就采取了最笨的也是最原始的办法——抄写。一本《诗经》连同它的解析，我一字不落地抄着，常常抄着抄着，就忘了时间。年轻的管理员站我身边许久，我也没发觉，直到他不耐烦地伸出两指，在桌上轻叩，"该走了，要关门了。"语调冷冷的。我始才吃一惊，抬头，阅览室的人已走光，夜已深。

我不好意思地笑笑，归还了书。窗外七里香的花香，蛇样游走，带着露水的清凉。我心情愉悦，摸黑蹦蹦跳着下楼，才走两级楼梯，身后突然传来管理员的声音："慢点走，楼梯口黑。"依旧是冷冷的语调，我却听出了温度。我站在黑地里，独自微笑很久。

那些日子，我就那样浸透在《诗经》里，忘了忧伤，忘了惆怅，忘了自卑，我蓬勃如水边的荇菜、野地里的卷耳和蔓草。也没想过自己到底为什么要迷恋，也没想过自己日后会走上写作的路，只是单纯地迷恋着、挚爱着，无关其他。

很快，我要毕业了。突然收到一份礼物，是一本《诗集传楚辞章句》，岳麓书社出版的，定价七块六毛。厚厚的一本。扉页上写着：赠给丁小姐，一个爱读书的好姑娘。下面没有落款。

我不知道是谁寄的。我猜过是阅览室那个年轻的管理员。我再去借书，探询似的看他，他却无甚异常，仍是一副冷冰冰的样子，表情严肃。我又怀疑过经常坐我旁边读书的男生和女生，或许是他，或许是她。他们却埋首在书里面，无波，亦无浪。窗外的七里香，兀自幽幽的，吐着芬芳。

我最终没有相问。这份特殊的礼物，被我带回了故乡。后来，又随我进城，摆到了我的办公桌上。我结婚后，数次搬家，东迁西走，丢了很多东西，但它却一直都在。每当我的眼光抚过它时，我知道，这世界哪怕再叫人失望，也有一种叫美好的东西，在暗地里生长。

书香做伴

年少的时候，我曾热切地做过一个梦，一个有关书的梦：开一家小书店，抬头是书，低头还是书。

那时家贫，无钱买书。对书的渴望，很像饥寒的人，对一碗热汤的渴盼。偶尔得了几枚硬币，不舍得用，慢慢积攒着，等有一天，走上几十里的土路，到老街上去。

老街上最诱惑我的，不是酸酸甜甜的糖葫芦，不是香香喷喷的各色糕点，不是喜欢的红绸带，而是小人书。小人书是属于一个中年男人的，他把书摊摆在某棵大树下，或是巷道的拐角处。书大多破旧得很了，有的甚至连封面都没了，可是，有什么关系呢？它们在我眼里，是散着馨香的。我穿过川流的人群奔过去，我穿过满街的热闹奔过去，远远望见那个男人，望见他脚跟前的书，心里腾跳出欢喜来，哦，在呢，在呢。我扑过去，蹲在那里，租了书看，直看到暮色四合，用尽身上最后一枚硬币。

读小学时，我的班主任家里，订有一些报刊，让我垂涎不已。班主任跟我父亲是旧交，凭着这层关系，我常去他家借书看。他对书也是珍爱的，一次只肯借我一本。有时夜晚，借来的书看完了，我又想看另外的。这种欲望一旦产生，便汹涌澎湃起来，势不可当。怕父母阻拦，我偷偷出门，跑去班主任家，一个人走上五六里的路。乡村的夜，空旷得无边无际，偶有一声两声狗吠，叫得格外突兀，让人心惊肉跳。我看着自己小小的影子，在月下行走，像一枚飘着的叶，内心却被一种幸福，填得满满的。新借得的书，安静在我的怀里，温良、敦厚，让我有满怀的欢喜。

多年后，我想起那些夜晚，还觉得幸福。母亲惊奇，那时候，你还那么小，一个人走夜路，怎么不晓得害怕？我笑，我那时有书做伴呢，哪里想到怕了？那样的月色，漫着，水一样的。一个村庄，在安睡。我走在村庄的梦里面，怀里的书，散发出温暖亲切的气息。

上高中时，语文老师清瘦矍铄，爱书如命。他藏有一壁橱的书。我憋足了劲学好语文，只为讨得他欢喜，好开口问他借书。他也终于答应我，我想读书时，可以去他家借。

他家住在老街上，很旧的平房，木板门上的铜环都生锈了。屋顶上黛青色的瓦缝里，长着一蓬一蓬的狗尾巴草。这样的房子，在我眼里，却如童话中的小城堡，只要打开，里面就会蹦跳出无数的美好来。

是六七月吧，他屋门前的一棵泡桐树，开了一树紫色的桐花，小花伞似的，撑着。我去借书，看到他在树下坐着，一人，一椅，一本书。读到高兴处，他抚掌大叹，妙啊！

他孩子气的大叹，让我看到人生还有另一种活法：单纯，洁净，桐花一般地美好着，与书有关。

后来，我离开老街，忘了很多的人和事，却常不经意地会想起他：一树的桐花，开得摇摇欲坠，他在树下端坐。如果我的记忆也是一册书，那么，他已成一枚书签，插在这册书里面。

而今，我早已拥有了自己的书房，也算实现了当初的梦想——抬头是书，低头还是书。若是外出，不管去哪里，我最喜欢逛的，定是当地的书店和书摊。

午后时光，太阳暖暖的，风吹得漫漫的，人在阳台上小憩，随便从书架上抽出一本书，摊膝上，风吹哪页读哪页。如果书也是一朵花，我这样想象着，如果是的话，那么，风吹来，随便吹开的一页，那一页，便是盛开的一瓣花。

人、书、风，就这样安静在阳光下、安静在岁月里，妥帖，脉脉温情。

不要让心长出皱纹

一帮中年人聚会，一女人盯着我细看，冷不丁来了句，你脸上怎么还没长皱纹？

去理发店。帮我洗头发的小女孩的手，鲜嫩得跟青葱似的。她在我头上弹啊弹啊，弹着弹着，突然顿了手，甜甜地问，阿姨，你的头发怎么这么黑，一根白的也没有？

跟陌生朋友见面，他们总要疑惑地，对着我上上下下，打量了又打量，问，你儿子果真那么大了吗？你看上去不像啊。

像？什么才叫像？就像小时写作文，写到母亲，必是皱纹密布的一张脸。黑发里，必是霜花点点。必是背驼腰弓，沧桑得不得了。必得有一点老态，才叫正常。仿佛到了一定年纪，非得烙上这个年纪的印记不可。涂红指甲，不可以！穿花裙子，不可以！你因一件好玩的事，忘情地跳着笑着，不可以！你还拥有好奇、激动、热血，不可以！

街上的喧腾热闹，都不带你玩了。新奇新鲜的玩意儿，都没你的份了。衣服也只能挑黑蓝紫的，质不必高，能遮身就行。出门不必装扮，因为没人注目到你身上。时尚的话题，你没一句插得上。你一边待着去吧，别碍手碍脚的，最好自个儿识趣地，搬把椅子，去太阳下打打盹。或养只小猫小狗，打发时光。你慢慢、慢慢地退到角落里去，没有人留意你的喜怒和欢悲，你被世界遗忘，你渐渐的，也被自己遗忘。

这叫什么逻辑！

我偏不！我想唱的时候，我就大声唱。我爱跳的时候，我仍忘情地跳，只要我还能跳得动。我还是爱囤积发圈、胸针、手链、挂件诸如此类的小物件。我还是好探险，喜欢跑到幽深的更幽深的地方去，因意外发现一棵开满花的老树，而万分惊喜地欢叫。对了，我还买了一堆气球放家里，没事时，吹着玩。

我堂哥，五十好几的人了，头顶已秃过半，眼角皱纹堆积。我们虽不常见面，但每次见面，我都喜欢跟他粘一起，因为他好玩。有一次，我在房间做事，他在客厅，我突然听到客厅里传来他的哈哈大笑。跑去看，他正在看动画片，动画片里，一只小老鼠把一只猫捉弄得狼狈不堪。我堂哥指着动画片叫我看，笑得上气不接下气，他说，你看，你看，你看那只小老鼠！那一刻，他可爱得让我想拥抱他。

人活的，原不是年纪，而是心态。只要心态不老，你就永远不会老。

记得我在念大学时，一老太太教我们历史。我们一帮青春娃，开始都很排斥她。等听她上了几节课后，我们却一下子都狂热地爱上她。她喜穿水粉的衫子，又描眉，又画唇，真是好看。上课时，她的肢体语言十分丰富，讲起历史典故来，眉飞色舞，引人入胜。课后，我们围住她聊天，她教我们怎么打蝴蝶结，告诉我们去哪条老街，可以淘到好看的包和鞋子。春天，她和我们一起外出踏青，在闹市口，她买一艳丽的鸡毛掸子扛着。桃红鹅黄的鸡毛，插在一根长长的竹竿上，她扛着这团艳丽，在人群里走，实在招摇。我们虽不明所以，然跟着她的这团艳丽走，满心里，竟都是说不出的快乐和好玩。等走过闹市区，她这才对我们悄语，我买这个，是想扑蝴蝶来的。

好多年过去了，每每想起她，人群中的那团艳丽，和她一脸的小天真小狡黠，我都不由得从心底，散发出欢笑来。

我知道，有一天，我的脸上，也会长出皱纹。我的头发，也会渐渐变白。我也终将老去——时光，这把镂刻岁月的刀，我也控制不了。但我，大可以让心，不长出皱纹。像我的大学历史老师那样，永葆着一颗童心，去好奇，去发现，去欢喜，去开怀。这对自己来说，是有福的，对身边的人、对这个世界，亦是有福的。多一份童趣，少一份怨憎和暮气，多好玩啊。

没有谁在原地等你

半夜三更，你跑来对我哭诉他的变心，首如飞蓬。你说当初他苦苦追你时，信誓旦旦，许诺过一生一世。婚姻十年，你付出太多，你甘愿放弃一切，做着全职太太，为他洗手做羹汤，为他生儿育女。他现在事业有成了，拣着高枝飞，竟要抛下你这个糟糠之妻。

当初的誓言都是假的！假的！他就是个陈世美！你恨恨。

我看着你，委实吃惊。记忆中的你，粉衣白裙，款款走在三月的花树下。你念过不错的大学，弹得一手好古筝，还会画些小画，虽不是光芒万丈，但也是灿若明珠一颗。

而现在，你发胖的身体，随意套在一件家居服里。你满脸都是怨怼和愤恨，你已跌落尘埃，成了一颗玻璃珠。

你还弹古筝吗？我问。

你愣一愣，不解地看着我，啊一声，说，早就不弹那个了，手指都僵硬了。

哦。我为你可惜。

我想讲一个小故事给你听。

多年前，我还是个小姑娘的时候，特别馋柿子。

对，就是那种软软的红红的，西红柿一般大小的，普通得不能再普通的水果。现在的农民种植多了，坡上地里，成片的。秋天的时候，柿子多得挂树上无人问津，只一任它挂着，小红灯笼似的，成风景。

那时候却稀罕。我读书的小学边上，住一户人家，院子里长一棵很粗大的柿子树。十月的天，一树的柿子，黄澄澄的。那家人把柿子一只一只采下来，用洋石灰焐着。不消半天，那柿子就熟得红艳艳亮透透的。透过外面一层薄薄的皮，望见里面甜蜜的果肉在流淌。手上有零钱的孩子，下了课一路奔过去买。他们回教室时，吃得手上嘴上，都是红艳艳的汁液。我表面上装着不屑，心里却渴望得要死，眼睛的余光，扫到那红红的汁液，它的甜蜜，在我心里汇成小溪流，不息地流啊流啊。我以为，世上最好吃的东西，非柿子莫属。

后来，我终得闲钱一枚。午饭也顾不上吃了，我紧攥着那一枚硬币，迫不及待就往有柿子树的那户人家跑。当时，那家人正围坐桌旁吃午饭，他们奇怪地看着我，问，你做什么呢？我手里举着那枚硬币，我不好意思说是买柿子的，只嗫嚅着，低头踢脚下的土。那家妇人看看我手里的钱，似乎明白了，她说，家里没柿子了。我一惊，抬头看她，她的神情，没有一丝说笑的意思。我的心，一下子掉进冰窟窿里，委屈得快要哭了。我怔在那里，走也不是，不走也不是。妇人看看我，忽然叹口气，起身去了里屋，出来时，手上已托着一只红彤彤的柿子了。"这是留给我家大丫吃的，就剩这最后一个了，算了，给你吧。"她接过我手里的钱。

我不记得是怎么把那只柿子吃下去的。我只记得，那日的天空，有着不一般的蓝。校门口的小河边，开满了黄黄白白的野菊花，好看得要命。我快乐得一下午都想歌唱。

多年后，成筐又大又红的柿子放我跟前，我连碰都不想碰了，我早已不喜吃它。

是我变心了吗？从前对它深刻的眷恋，都是假的吗？不，不，柿子还是从前的柿子，而我，早已走过万水千山，见识过太多比柿子更好吃的水果。我的味蕾，已变得很挑剔。

所以，请不要怀疑当初的誓言，每一段感情，原都是真的。只不过，时过境迁，他已走过十万八千里，而你，还待在原地。

风会记得
一朵花的香

没事的时候，我喜欢伏在三楼的阳台上，往下看。

那儿，几间平房，坐西朝东，原先是某家单位做仓库用的。房很旧了，屋顶有几处破败得很，像一件破棉袄，露出里面的絮。"絮"是褐色的木片子，下雨的天，我总担心它会不会漏雨。

房子周围长了五棵紫薇。花开时节，我留意过，一树花白，两树花红，两树花紫。把几间平房，衬得水粉水粉的。常有一只野鹦鹉，在花树间跳来跳去，变换着嗓音唱歌。

房前，码着一堆的砖，不知做什么用的。砖堆上，很少有空落落的时候，上面或晒着鞋，或晾着衣物什么的。最常见的，是两双绒拖鞋，一双蓝，一双红，它们相偎在砖堆上，孵太阳。像夫，与妇。

也真的是一对夫妇住着，男的是一家公司的门卫，女的是街道清洁工。他们早出晚归，从未与我照过面，但我听见过他们的说话声，在夜晚，喁喁的，像虫鸣。我从夜晚的阳台上望下去，望见屋子里的灯光，和在灯光里走动的两个人影。世界美好得让人心里长出水草来。

某天，我突然发现砖堆上空着，不见了蓝的拖鞋红的拖鞋，砖堆一下子变得异常冷清与寂寥。他们外出了？还是生病了？我有些心神不宁。

重"见"他们，是在几天后的午后。我在阳台上晾衣裳，随意往楼下看了看，看到砖堆上，赫然躺着一蓝一红两双绒拖鞋，在太阳下，相偎着，仿佛它们从来不曾离开过。那一刻，我的心里腾出欢喜来：感谢天！他们还都好好地在着。

做宫廷桂花糕的老人，天天停在一条路边。他的背后，是一堵废弃的围墙，但这不妨碍桂花糕的香。他跟前的铁皮箱子上，叠放着五六个小蒸笼，什么时候见着，都有袅袅的香雾，在上面缠着绕着，那是蒸熟的桂花糕好闻的味道。

老人瘦小，永远一身藏青的衣、藏青的围裙。雪白的米粉，被他装进一个小小的木器具里，上面点缀桂花三两点，放进蒸笼里，不过眨眼间，一块桂花糕就成了。

停在他那儿，买了几块尝。热乎乎的甜，软乎乎的香，忍不住夸他，你做的桂花糕，真的很好吃。他笑得十分十分开心，他说，他做桂花糕，已好些年了。

我问，祖上就做吗？

他答，祖上就做的。

我提出要跟他学做，他一口答应，好。

于是我笑，他笑，都不当真。却喜欢这样的对话，轻松、愉快，人与人，不疏离。

再路过，我会冲着他的桂花糕摊子笑笑，他有时会看见，有时正忙，看不见。看见了，也只当我是陌生的，回我一个浅浅的笑——来往顾客太多，他不记得我了。但我知道，我已忘不掉桂花糕的香，许多小城人，也都忘不掉。

现在，每每看到老人在那里，心里便很安然，像小时去亲戚家。拐过一个巷道，望见麻子师傅的烧饼炉，心就开始雀跃，哦，他在呢，他在呢。

麻子师傅的烧饼炉，是当年老街的一个标志。它和老街一起，成为一代人的记忆。

卖杂粮饼的女人，每到黄昏时，会把摊子摆到我们学校门口。两块钱的杂粮饼，现在涨到三块了，味道很好，有时我也会去买上一个。

时间久了，我们相熟了。遇到时，会微笑、点头，算作招呼。偶尔，也有简短的对话，她知道我是老师，会问一句，老师，下课了？我答应一声，问她，冷吗？她笑着回我，不冷。

我们的交往，也仅仅限于此。淡淡的，像路边随便相遇到的一段寻常。

我出去开笔会，一走半个多月。回来后，正常上班、下班，没觉得有什么不同。

女人的摊子，还摆在学校门口，上面撑起一个大雨篷，挡风的。学生们还未放学，女人便闲着，双手插在红围裙兜里，在看街景。当看到我时，女人的眼里跳出惊喜来，女人说，老师，好长时间没看到你了。

当下愣住，一个人的存在，到底对谁很重要？这世上，总有一些人记得你，就像风会记得一朵花的香。凡来尘往，莫不如此。

人淡如菊

　　阮新买了一只蓝瓷瓶，蓝宝石一样的，莹润剔透。瓶身丰满，瓶颈却细而长，宛如穿着大裙摆的小姑娘，在引颈起舞。阮说，春天你可以插枝桃花，夏天可以插枝荷，秋天可以插枝金桂，冬天可以插枝腊梅。

　　阮是开花店的。因喜欢花草，我经常光顾一些花店，由此结识了不少花店老板，每每有了新品种，他们总不忘给我发个短信，或打个电话。其中，就有阮。

　　阮不过三十岁出头，是这些花店老板中最年轻的，长相斯文，举止温和。他的花店，开在一条偏僻的巷子里，远离闹市。一小间平房，摆满各种花草，却取名：陶言瓷语。很特别。隔三岔五的，我会主动跑去阮的花店看看，不为看花，只为看看他装花的那些瓶瓶罐罐，一律陶瓷的，或活泼俏丽，或古朴素淡，或高贵典雅。阮常常出其不意地摆出一些来，颜色的纷繁自不必说，造型也别具一格，少有重样的。一株普通的花，凤仙花，或是秋菊，装在那些陶罐瓷瓶里，立马变得光彩照人。是灰姑娘走进王宫了。

价钱自然也不菲。来阮的花店逛的客，并不多，大多数人更愿意去买泥盆子装的花，便宜得很，三五块钱能买上一大盆，一季开完了也就完了，随手扔进垃圾桶，毫不可惜。阮的生意，便显得有些清淡，常常我去时，店里一片静。那些好看的瓶瓶罐罐，摆了一花架，有的上面开着花，有的没有，遗世独立的模样。劝阮，也顺带卖卖廉价的花嘛。阮只笑笑，并不在意，把一株开着小红花的海棠，移进一只浅灰的陶罐里，顺手标上价：200元。他把那罐海棠，摆到了店门口。走过的人，忍不住看上一眼，回头，再补上一眼。绿的叶，红的花，与浅灰的罐身搭配，像幅立体的油画。阮也不招徕，也不吆喝，任大家看着，再走远。阮说，懂花的人，自然懂的。语气缓缓，像微风拂起清波。

也真是有人懂。常来阮花店里逛的，除了我，也很有那么几个老顾客。他们跟阮说说笑笑，把店里每样陶瓷都用眼光抚摸一遍，最后，把喜欢的打包了。并问阮，底下将有什么新作品。到这时，我方才知道，阮店里摆出的陶罐瓷瓶，原都出自阮的手。每一件，都是阮亲自设计的，再花了重金，到陶瓷厂定做。

曾经的辉煌，更让人吃惊。名牌大学毕业的，出国镀过金，披了一身光环回来，在大都市拥有年薪几十万的职位。一次旅途中，阮偶然与陶瓷相遇，从此爱上。加上自幼喜欢花草，遂辞了职，回到小城，开了这家花店。

我想过要问问阮，有没有为他的选择后悔过？但看着埋首在一堆花草中，静好得犹如那些陶罐瓷瓶的阮，我终究没问。有顾客来，看中阮店里一罐绿萝，不还价，爽快地付钱，当宝贝样的捧走。阮微微笑着，站在门口，目送着那罐绿萝远去。

有人羡慕阮，可以有勇气与众不同。有人又说他傻，丢掉优裕繁华，太不值得。到阮这里，都变得波平浪静了，阮只走着自己的路，人淡如菊。——这也是生活的一种，看似简单，却是我们许多人望尘莫及的。

黄昏时，路过街边的小公园，见到几个大人带着孩子在玩。

一个刚学会走路的小孩，努力挣脱他小母亲的手，沿着一条石铺的小径，跌跌撞撞向前奔去。他一边奔，一边挥动着双臂，咯咯咯笑着。他笑什么呢？他的前面是路，后面是路，路上空空荡荡，并没有什么有趣的东西。小径旁，有几棵花树，在开着花。

小母亲追上他，抱他入怀。小母亲叫，哎呀，你不要再跑了嘛。小孩子不听，又挣脱开来，下到地上，跌跌撞撞跑开去。一边跑一边笑，咯咯咯咯，咯咯咯咯。

我停下来，望他。他笑什么呢？笑得人的心里面，绿草茵茵。

道旁的几棵花树，定也奇怪着吧？它们静默一会儿，所有的花朵，都跟着笑起来。

路过的风也笑起来。

夕阳也笑起来。云彩也笑起来。

整个天地，都笑起来。

我也笑起来。

如此的淡香暖风，真叫人柔软。

想起多年前，也是这样的黄昏，我倚在老街上的邮局大门口，等我爸来接。

我们从乡下来，上街一趟不容易。我爸领我去吃了一碗馄饨，他办事去了，嘱我在邮局门口等他。

我站在那里，东张西望，一会儿看看街道，一会儿看看邮局里面的人，笑嘻嘻的，莫名的高兴。

邮局的柜台后，坐着三四个办公的人，他们沉默不语地做着事。没有人来，也没有人出去，一屋的静悄悄。

一个中年男人，突然抬头看看我，再看看我，忍不住问，小姑娘，你笑什么呢？

我不答话，只管笑我自己的。

中年男人愣一愣，不由得也笑起来。他对旁边人说，这小姑娘，爱笑。大家都抬头看我，看着看着，也都笑了。

后来，中年男人从柜台后面走出来，摸了摸我的头，递给我一块奶糖，他说，好姑娘，你要一直这么笑下去啊。那时，奶糖对于乡下孩子，是稀罕物。我笑得山花烂漫的，收下，紧紧攥手心里。

我爸很快来接我了，半路上，我给他看那块奶糖。我爸很意外，问，他们为什么要给你奶糖呢？

我也不知道呀，我很开心地回。

多年后，我知道了，我的笑，给他们带去了淡香暖风。那块奶糖，是对笑的回报。

女人的宝贝

　　喜欢三毛的可爱。看过她的《我的宝贝》，这个"贪心"的女人，什么"破烂儿"都要收藏的。她有一大堆奇奇怪怪的东西，如骆驼骨，婆婆家的盘子，还有红得像心一样的石头……一定有这样的时光，她把她所有的宝贝都搬出来，铺满她四周，然后赤足盘腿地坐在中央。天，那是怎样的美好，又是怎样的富有？窗外有花寂寂地落，那又有什么关系？她有她的宝贝。

　　我祖母有一个宝贝——一枚银簪。银簪是祖母的陪嫁物，祖母头发还很长很密的时候，银簪是插在她的头上的。最记得清晨，薄雾缥缈，祖母对着一面铜镜拢发，一丝不苟地在脑后挽一个髻，把银簪插在里面。那银簪下面挂着一小银坠，随着祖母的身影晃动而晃动，极具动感。我和姐姐觉得那真是好看，想问祖母讨了来，插到我们头上。祖母笑，傻丫头，这个哪能给你们呢？遂从枕边摸出两颗冰糖来，打发了我们。

祖母的发，后来渐渐稀落了，银簪再也插不上去了。祖母把它装进一方红木小盒子里，盒子搁进箱底。有时候会捧出来，对着它发一会儿愣，一脸迷醉。我有理由相信，一个女人，一生最美的年华，都躺在里面了。

我现在也拥有了自己的宝贝，如发卡、胸针、玉石等。最喜欢的是一枚玛瑙戒指。拥有它的那年，我二十二岁，他二十六岁，两个贫穷的人儿，却滋长着丰满的爱情。我们没有钱去逛大商场，就手拉手地去逛地摊。在那里，我们发现了好多的玛瑙戒指，它们安静地蹲在一方红丝绒铺着的木盒子里，通身有着柔和的光芒，如含羞的邻家小姑娘，妩媚着。我指着其中一枚，对他说，我要。他笑笑给我买下，只花去五块钱。

这枚戒指一直被我珍藏着。婚后，我们经济条件逐渐好起来，他给我买好看的钻戒，但我还是最喜欢这枚玛瑙戒指。常常把它拿出来，套手指上，在阳光下把玩，心里面充满甜蜜。这个时候，我看到春光正明媚，而我们，正年轻。

女人的宝贝里，原是藏了美好藏了爱的。有了它，女人再平凡的人生，也会变得丰富而厚重。

老去不
浪漫

年轻的女孩，在她博客上很抒情地写下：老去是一件浪漫的事。我看着微笑，她多像曾经的我啊，看到夕阳下独坐的老人，白发苍苍，脸上波平浪静的。觉得禅意极了。羡慕这样的老去，以为人生至此，百念全消，复归自然。像一棵树，一株草，沉默于山林。

其实不是。年轻的时候，哪里懂得，生活不是油画。在油画背后，隐藏着被世界遗忘的痛楚，和巨大的孤寂。

我的祖父九十一岁了。亲朋好友都说，活到老爷子这份上，是福分，寿大福大。大家说这话时，老爷子一个人枯坐在小屋前，眼望着前方，前方长一棵梨树，一棵枣树。是老爷子亲自栽的。当年，老爷子还能爬上枣树去摘枣的，现在老爷子眼也花了，耳也聋了。也无人愿意低俯到他的身边去，听他说话。大家热闹着来，明着是来看老爷子，实际上是找了由头相聚，倒把老爷子撇一边。吃吃闹闹散场去，遥遥冲老爷子挥一挥手，说声："爷爷，走啦！"也不管他看见看不见，各自回各自的家去了。

一日，我去看老爷子。从小，我跟他的感情最为深厚。他知道是我去了，紧紧拉着我的手不放，喃喃说："我现在，除了吃，没什么用处啦，是个废人啦。"

这是无奈。想他曾是多么刚性的一个人哪，说话如雷吼，一声下去，小辈中没一个不听的。一辆自行车，骑得生风。老街在三十多里外，他一个早上，能骑个来回。把家里需要的镰刀给买回来，在房檐下刨木柄，一把斧头使得威武得很。我们人小，站一边看，觉得这样的祖父好了不得，永远不会老。

关照父亲："平时多陪老爷子说说话啊。"父亲摊一摊手，苦笑说："跟他说了他也听不见啊，再说，家里也忙的。"

还能怎样？我转头看枯坐着的老爷子，淡的日光，落在他的白眉毛上。他看上去像一口枯井，废弃在岁月尽头。所有的疼痛，只他一个人收着。

也曾开过玩笑，化装成文学老太太上网。遇某一ID，上来就破口大骂："老不死的，这么老了还上网，还文学！"骂得我一愣，我尽量跟他掰理儿，我说你也会老啊，谁不会老呢，能平安过到老，是多大的造化啊，没见过有人半途夭折的吗！那边未及我把话说完，丢下一句："你这老不死的，还真能说哈。"——一溜烟跑了。

心当下凉去半截。若是将来我真的老了，我得准备好多少勇气，来面对这等无缘无故的谩骂？朋友也笑说一事：一日上街，遇见一老人在路上蹒跚，后面突然蹿上来几个小青年，嫌老人挡路了，骂道："老不死的，这么老了还上街干吗呀！"伸手粗鲁地把他推到一边去。我问："后来老人咋办的？"朋友说："还能咋办？站路边哭呗。"

　　脑子里便一直盘旋着那个不认识的老人，暮暮之年，孤单行程，谁与共度？这是最最凄凉的，哪里还有什么浪漫可言？

　　即便如此，我们还是义无反顾地，朝着老的方向奔去。因为人生的每一步，都是一种体验。好的，坏的，我们都将担待着，从而成就人生的完整。

迷失

　　我得承认，有一种情绪叫迷失。就像今天，我站在黄昏的穹宇下，我望着身边的人来人往，欢笑的，沉思的，高兴的，面无表情的……这是一个城市的表情，像一条哗哗奔流的河。我在这条河面前，突然迷失了，我不知道我该往哪儿去，我望不见对岸。

　　卖烧烤的出来了，推着小车。他把小车搁在路口，炭炉上一口平锅。"嗞啦"一声，金黄的油，在锅里起了烟。用竹签串起的肉或者香肠，被放进油里，立即腾起香的雾，浓烈，缠人。放学的孩子，一个一个迈不开步了，围在旁边，等着吃烤肉串。这是尘世的热闹与好。

　　路边有花，是些蔷薇。花从一堵墙内探出身子来，密集的一朵朵。粉红，柔弱，细皮嫩肉的样子。"东风且伴蔷薇住，到蔷薇，春已堪怜"，这是年少时读过的一首词里的句子。一个"怜"字，道尽人生的无奈与凄惶，有年华已暮的感觉。

但还是蛮喜欢蔷薇的。乡野里多野蔷薇，没人管它，它自生自长。每年五月开花，花细白，特别特别的香，带了蜂蜜的味道。茎上多刺。我曾冒着被刺伤的危险，去攀采它，带它回家，放在喝水的杯子里养。清晨梦中醒来，一屋子的香，甜滋滋的。祖母瞟一眼花，笑；祖母说，野蔷薇啊——这是我记忆里温馨的画面，有花的甜，祖母的笑，还有我的年少。

一转眼，却长这么这么大，大到害怕面对自己的年龄了。昨日与一个文友通电话，隔着千山万水，文友问及我的年龄。我只笑着告诉他，很大很大了。再问，我还是如此笑着回答。突然地，我发现自己变得越来越慈祥了。

慈祥？慈祥是个什么词？是晕黄的灯下，低头一针一线缝着衣，皱纹里，溢满安详。是冬天的日头下，笑看两只嬉戏的猫，时光栖落在白了的发上，寸寸短短，却又悠长悠长。

风过蔷薇，一个春的灿烂，到此了了。而随后，是夏的炽热。蝉的叫声，将占据每一片树荫。我呢？我去往哪里？会在空调的房里，把温度打得很低，房间里，游着凉凉的气息。我会翻一些书，想一些人，怀念变得遥远。

而我分明，还站在黄昏的穹宇下。夕阳的余晖，一寸一寸谢了。我看到一个老人，守着一袋子青豆荚，在路口卖。现在正是青豆荚大量上市的时节，嫩绿的蚕豆，和了蒜苗烧，味道特别醇厚。老人和青豆荚，让我想起很多人，很多事，想起很多房子，很多路……房子是茅草房，褐色。房屋顶上长绿绿的青苔，墙上的砖泥，一块一块地剥落，却让人觉得有种安然的暖和亲切。房子里住着我的亲人，房子里住着我的乡亲。路上走着我的亲人，路上走着我的乡亲。路边会开很多小花，从春到秋，漫漫的。路上印着乡人们赤足的脚印，狗总撒欢得很，蹿前蹿后地跑。

这是我的村庄。以为它永远是这个样子，每每回家，却发现它一日一日让我陌生。曾经熟悉的人，一个一个老去。回家总听母亲这样叹息，知道不，西边的二奶奶过世了。知道不，东头的陈姨没了，唉，早上还好好的人，晚上睡觉说头晕，就没了。

村里的小孩，见面我没一个认识的。他们亦不认识我，总是怀了好奇看我。母亲就得一个一个解释，谁家谁家的。都是和我一起长大的人啊，都是他们家的孩子啊，记忆里，却变成一个一个水印似的，模糊不清了。见面，诧异半天，也想不起，眼前的人，就是曾经跟自己一起在树荫下跳绳的那一个。

我们在时间里相互遗忘。

人生就是一个不断记忆、不断遗忘的过程。

而这个黄昏，我被谁遗忘在一个城市的路口了？

走吧走吧，到天边去

壹

青草。花朵。牛。羊。马。牧人。湖泊。天空。偶尔的蒙古包，像白蘑菇一样的，撑在草原上。天地之间，遍洒颜色，杂乱无序地，绿着，黄着，粉着，青着。像小孩子画的蜡笔画，处处有着它的稚气和趣味。是洪荒年代，你未染尘，我未惹埃，从身体到灵魂，都是赤裸裸干净着的一个。看哪，看哪，我就在这里，我等了你千万年。

这里是天边。

这里是传说像青草一样，遍布四野的呼伦贝尔大草原。

走吧走吧，到天边去。

呼伦湖给我的第一印象，有点吵。湖边一溜排开的，都是撑着红帆布的棚子，卖俄罗斯雪糕和冰淇淋的。卖蒙古特产的，牛肉干、奶酪和奶片。还有卖烧烤的，大喇叭比赛着叫，羊肉串！羊肉串！

有马车披红挂绿，候在那儿，等着生意。马寂寞又无聊地站着，望着半空中一处虚无，一动不动。马是沉思者。

我踩着泥泞，走向湖边。野芦苇东一根西一根地生长在低浅处。乍见之下，我有点失望，这哪里是湖，这明明就是一沼泽地。

洞天却在后头。你得越过一丛芦苇，再一丛芦苇。踩过一些泥泞，还有一些泥泞。眼前突然洞开，辽阔的水域，铺展开来，直直地铺到天边去了。真叫人吓一大跳，怎么可以这么宽广！

湖水汤汤。从史前，一直汤汤到现在。是谁的足印，第一个印在湖边的？然后，开始有了人烟。湖里鱼肥虾多，承载着人间烟火，一个世纪，又一个世纪。这个内蒙古最大的湖，当地牧人亲切地称它，扎赉诺尔。意思是，海一样的湖。

天空变幻莫测。一会儿阳光灿烂，湖面上，便像撒了无数把碎金子，金光万丈。所有的水，都在一瞬间活跃起来，手挽手肩并肩地跳起了舞。一会儿移来一片乌云，湖水立即沉寂下去，现出它们深沉的一面。

暗地里，它们却在赛跑。它们跑啊跑啊，一溜烟地，跑到天上去了。极目处，天与湖，早就浑然一体了。水鸟掠过湖面，一只，两只，三只……一群，两群，三群。这里物产丰饶，不仅是牧人们的天堂，也是鸟的天堂，有两百多种珍稀鸟类，在此安家落户。

八月末的湖边，风已开始呼啸，冰冷清寒。我薄薄的衣衫，不抵风寒。

该走了。最后再看一眼，这颗呼伦贝尔大草原上的"珍珠"，我愿它永远这般安详。

金帐汗——当年成吉思汗行帐的地方，他在这里秣马厉兵，与各部落争雄，最后一统呼伦贝尔大草原。

这里亦是中外驰名的天然牧场，山清水秀，水草肥美，曾有许多游牧民族，在此挥动牧鞭，放逐牛羊，繁衍生息。现而今，已建成金帐汗蒙古部落景观，所有的布局设施，都尽可能还原成当年游牧部落的样子。

一到夏天，中外游客蜂拥而来，金帐汗便开始了它一年一度的盛会。套马表演、驯马表演、蒙古式摔跤、角力擂台赛、祭敖包、萨满宗教文化表演等等，层出不穷，而晚上的篝火晚会，则把这样的狂欢，推向高潮。

门票30元，我没买，只绕着它的外围看了看。对人造景观，我向来兴趣不大。

小雨，蒙蒙。天湿冷得像寒冬。除了我和一辆车，没见到有人来。当地司机说，前段日子这里大雨，雨水都上路了，不少地段都被淹了，人进不来。又，也过了旅游旺季了，再过半个月，这里该下雪了，一下雪，就要封路了。

甚好。我在心里面点头，欢喜。

我也不知道，我为什么要欢喜。或许是因少有人再踏入，它将有大半年的休养生息期。——越少有人到达，越能保持它的真性情吧。

我遥看了一下被老舍夸为"天下第一曲水"的莫日格勒河，因连着下大雨，曲水也不曲了，已是汪洋一片，茫茫的。

天与地，再难分清。

贰

走到天黑，打尖歇脚。

边陲小城，叫额尔古纳。

蒙语里，额尔古纳是"折返"的意思。是游子远走，一步三回头，终抵不住对家园的魂牵梦萦，快马加鞭地赶回来了，一头扑进家园的怀抱，再也舍不得离开了。是河流远流，却在此处流连回望，浇灌它以甘露。于是，花开，树绿，牛羊遍地。

是块富庶地呢。额尔古纳河在此日夜不停地喧闹，森林，良田，牧场，天赐的一般。成吉思汗那力大勇猛的二弟哈撒尔，在战场上屡立战功，得此封地，安居乐业，蒙古民族从此在这里兴旺发达。

街市寻常，看不出曾有的显赫。有炊烟在飘，混合着菜肴的香。千百年来，一鼎一镬，才是人类最真切的拥有。我去寻一条叫丁香的巷道。网上预定的宾馆，就坐落在这条巷道上。

车子在灰扑扑的房子中间，来回折转。问了好几个当地人，也才在城市的边缘给找到。

宾馆的名字，没什么特别，辰旭。一幢二层小楼，门口挂着粉色珠帘。

辰旭的老板迎出来，是个很温润的中年人。他双手来握，说一见我就喜欢。你果真是个阳光的人啊，他这么说。而在我到来之前，他一直在读我的文章，言说读得唇齿生暖。

住下。有到家的感觉。

老板不时过来问，还需要什么。

自然要向他打听，额市有哪些好玩的地方。他笑着想了一想，回我，也没什么好玩的啦，你明天可以去看看根河湿地，还有白桦林。晚上这里的广场上，有秧歌表演，你若有兴趣，也可以去看看。

我微笑，点头。人大抵都犯着这样的错，身边的好风景，常视而不见，只缘身在此山中。又或是，再好的景致，日日见着，也都成寻常，彼此相融，不惊不扰。——生活还原成生活，这才是最好的状态吧。

出门。冷。我把能加上的衣服，都加身上了，仍然冷得慌。

不管，还是想四处去逛逛。

走不多远，遇一丛野葵，像一群妙龄的女孩子，站在路边，挤挤挨挨在一起，打闹嬉戏。我靠近，跟那些花朵打了声招呼。花朵年年，都有哪些眼光落在上面过？我珍惜着每一次相遇。人生的很多经历，只此一次，再无重逢。

街道横几条，竖几条，走着走着，也就到头了。

少见高楼。灯火次第点亮，站街头望过去，也是一条光华璀璨的河了。

我拐进一家馒头店，看了看人家做的馒头。那边问，买吗？一块钱一只。我答，哦，不，我只是看看。人家也不生气，笑笑的。我又拐进一家特产店，看了看当地的特产，有新鲜酸奶，有马奶酒，有各色奶片。装酒的皮袋很有特色，盘珠绣花的。我花30元，买一袋子马奶酒，留作纪念。

我还停在一卖水果的大爷身边，问了问水果的价钱。到底是有肥沃良田的地方，瓜果都相当便宜。我买了两只香瓜，拎着。再走在额市的大街上，迤迤然，我也是额市中的一个了。

老远就听到锣鼓响，那是从哈撒尔广场传来的。

走近，红红绿绿的人群，这边在跳扇子舞，那边在扭秧歌。一边的大屏幕上，在放电影。威武高大的哈撒尔王，一手持弯弓，一手牵白马，屹立在广场中央，默默注视着这欢乐的人群。

男男女女，老老少少，穿红戴绿，载歌载舞，喜庆祥和。

我跑向一支秧歌队伍，做围观者。站我旁边一男人，边看边摇头，说，这扭秧歌不正宗呀。跃跃欲试着。我问，那正宗的是咋样的？他当即跳起来。我笑了。我以为，正宗不正宗不重要，快乐就好。

又一拨锣鼓响。来了扮孙悟空和唐僧的，后面也跟着一支秧歌队伍。我忍不住跳进去，学着扭秧歌。扮演孙悟空的妇人，热情地递给我一把绸扇和一条绸巾，让我当道具。我于是成了他们队伍中的一个，扭呀扭呀扭秧歌。

一年轻男子来跟我对舞。一老者来跟我对舞。一女子来跟我对舞。扭呀扭或扭秧歌。我们笑着，跳着，一句话也没有说。舞蹈就是最好的语言。

今夜，只关乎舞蹈，不关乎其他。

今夜，我只属于你，亲爱的额尔古纳。

叁

辰旭的老板一大早熬好小米粥，买了油条、馒头，弄了两个小菜，给我开早饭。

喝完小米粥，跟老板握手告别。他说，你要一直一直阳光下去呀。我答应，好。

我会记住他的。

去根河湿地。它被誉为亚洲第一湿地，原生态保存得相当完好。

有电瓶车直接开到西山的山顶上去。我没坐，我喜欢走着，沿途随便看。这于景于我，都不紧张，两下放松。

秋已降临到这片土地上。野花儿仍在不息地开，紫的，红的，黄的，蓝的，不一而足。

草尖儿却开始黄了。远观去，清浅的一层黄，轻轻落在山坡上，仿佛是谁吃着饼干，不小心落下了饼干屑子。

紫色的马铃花最招摇，摇着一串铃铛，笑得叮叮当当。我下到草地，去看它们。蚊虫多得能用手捧，可怜我穿条七分裤，裸露的小腿和脚脖子，成了蚊虫们争先叮咬的对象。我一边扑打着，还是执意往草地深处去。上坡，下坡。视野突然开阔，——我已站在湿地边缘。

山峦环抱。山脚下是巨大的根河河谷。绿洲和小岛密布，根河畅游其中，如银蛇盘旋，圈出一眼一眼的牛轭湖，似大珠小珠落玉盘。湖边矮树灌木丛生，一蓬蓬，一堆堆，轻舟一般，载绿而过。

静默。除了静默，我不知道还能以什么方式，来消受这样的美？

两个牧羊女端坐在山坡上，手执牧鞭，神情怡然。不远处，有牛和羊在吃草。

那么多的蚊虫，她们竟安之若素。

两只长得一模一样的狗，看见生人，很不满地高叫起来。我停住脚步，怔怔看。那边忙喝住狗，笑道，别怕，它们不咬人的。狗真的听话地住了口，且冲我友好地摇摇尾巴，跑来嗅我手里的伞和小包。

我摘一把红果子，问牧羊女，这是什么？她们齐声答，野玫瑰呀。开花的时候，可漂亮了，粉粉的，又大又肥，她们比画着。我被她们的形容逗乐了，想象着漫山遍野又大又肥的野玫瑰，牛羊和她们，隐约于花海中。日子里虽有艰辛无数，可有这样的盛开，对心灵，也是一种慰藉吧。

想起牧区一个牧民的话。他说，做牧民很苦的，成天要跟蚊虫打交道，日晒雨淋的。住的蒙古包，也是又潮又湿。这还算不了什么，最难熬的是孤寂，茫茫上百里，有时，难得见到一个人。他们的孩子也都不肯放牧了，能进城打工的，都进城去了。

红花绿草的背后，原有着自个儿才知晓的辛酸。

两个牧羊女的脸上，却波平浪静着。她们指着我手里的红果子，笑着说，这个，可以泡茶喝的呀。我们这山上，好多的草，都可以泡茶喝，可以治百病呢，比药好。

我"哦"一声，有些释然了。她们热爱着这片土地，这很重要。因为热爱，才有满足。因为满足，才有幸福。她们在她们的世界里纯净，享用着草地的丰饶，——这也算生活给予她们的回报吧。

路边的景致，变得繁复起来。不时遇见山，山都不高，浑圆的，有着女性美。都披挂着金色或绿色。金色的是麦子，麦子熟了。绿色的是树，是草。牛、羊、马点缀其中，像用彩笔点上去似的。

突然间就撞见了白桦。

山坡叠转，云生不知处，一片白桦林，就候在那里。

我有点发愣和吃惊。是想念久了的一个人，有朝一日，真真切切地站到你的跟前来，你除了欣喜，更多的是手足无措。

是的，我就是那么手足无措的，站在一片白桦林外。天空是很架势的那种晴朗，瓢泼般的阳光，打在白桦洁净的肌肤上，闪射出青瓷般的光泽。

那么多的白桦啊，那么多！都恨不得长到天上去了。

一棵，两棵，三棵，四棵……一片，又一片。多么熟悉的样子！我早在一些画作里见过，在一些文字里见过，在一些歌里面见过。修长的枝干上，布满眼睛，大的，小的，含情脉脉，一往情深。

我在林中穿行。看看这棵，看看那棵。没有一棵白桦，不是帅气的。像古装剧里，穿白衫舞折扇的翩翩公子，情深义重，义薄云天，总有好女子拼死相随。

山泉流得叮叮当当。我以为，那是白桦们的心跳。我弯腰，掬一捧山泉，清澈，清凉。一阵风过，白桦树的叶子，哗啦啦掉下来，像掉落了一地的心。林中少人，也听不到鸟啼。这真好，没有喧闹和芜杂。

也就有了安静。也就有了洁净。

白桦生来就是属于洁净的。

曾有朋友去东北，给我捎回一只用白桦树皮做的笔筒，洁净得我不忍插笔，只用来插干花了。鄂伦春人和鄂温克族的祖先们，也曾奢侈地用白桦树皮搭窝建棚，抵挡风寒。又心灵手巧地造出桦树皮小舟，叫作扎哈的，"载受两三人，陆行载于马上，遇水用之以渡"。——因有了白桦相伴，那些颠沛流离艰难困苦的岁月，也生长出诗意无限。

走出林子时，我碰到两个驴友，一老一少，都是从北京骑行过来的。年长的六十开外，年少的二十出头。他们原是两班人马，浩浩荡荡。然骑着骑着，就剩下他们两个。他们是在半路上遇见，就结了伴，在路上骑行近一个月了，晒得黑不溜秋的，然笑容灿烂，精神饱满。他们告诉我，接下来，他们还要去漠河看看。

我对他们表示敬佩。他们笑了，说，这没什么，如果你骑行，可能会比我们做得更好。

只要下定决心去做，总可以做好的。年长的那位在跨上车跟我告别之际，又突然折转过身来，冲我说了这么一句。

我笑着点头。这世上，好多的事，未必是你不能做的，而是你有没有决心去做，能不能坚持下来。坚持，实在是了不得的一种品质。

到达恩和时，已黄昏了。

四面环山的一座小镇，夕阳给它披上了金色的袍子。它看上去，不像是真的，倒像是小孩子用积木搭出来的。

这里曾居住过蒙古人的祖先。

这里也曾是淘金者们争相奔赴的地方。

镇上安静得很，木刻楞一幢一幢，异域风情，扑面而来。

司机推荐，这里有家列巴房，做出的列巴相当有名，好多人来恩和，都是冲着这家列巴房来的。你要不要去看看，买上一点儿？

当然好啊，我应道。

俄语中的"列巴"，是指大面包。正宗的列巴，是采用最原始的俄罗斯制作工艺制作，以酒花酵母发酵面团，加入适量的盐，放在砖砌的立式烤炉里，用原始森林里的椴木或桦木等硬杂木烤制。

恩和的这家列巴房，女主人就是纯正的俄罗斯人。她爱上这里的一个伐木工人，便嫁过来了，成了中国人的媳妇，带来了她制作列巴的手艺，开了这间列巴房。

车子在小镇上拐了两个弯，就到了她家门前。典型的俄式建筑木刻楞，门前垂挂着青藤，门廊上缠绕着一些或红或白的花。女主人是个微胖的妇人，白净，大眼，鼻梁挺直。她的普通话说得比我的好多了。刚出炉的列巴，只只饱满酥松，散发出喷香的热气，我买两只，抱在胸前。她微笑着问，要不要坐下来喝杯水？

我摇头，四下里好奇地打量。房间简陋，两张藤编桌椅，倒是显得很古朴。房间有一大半都被烤炉占了，烤箱里，堆满了列巴。我思量着，这么多的列巴，都谁谁谁有口福给吃下去呢？这时，打门外突然涌进一拨人来，男男女女，笑笑闹闹的。他们跟女主人很熟的样子，说着他们的语言，那意思好像是说，怎么没备好茶水等他们。女主人一边捧出洁白的骨瓷杯，一边笑说，我这不来了嘛。

我笑着退出来。

我喜欢这样庸常的场面，远离烽火，远离争夺，只关乎一杯茶水的清香，一只列巴的酥软。

肆

去往莫尔道嘎的路上，多的是原始森林。用崇山峻岭、重峦叠嶂来描述，最贴切不过了。车子开进其中，像小舟驶进汪洋。

有熊出没吗？有狼出没吗？有豹子吗？有白狐吗？冬天，满山岭都挂着雪花，该是怎样的冰雕玉砌。——我就这么胡思乱想着，莫名地为这片土地感动。

莫尔道嘎隶属于额尔古纳市，地处大兴安岭北段原始森林的腹地。镇上居民众多，有14个民族在这里相融相生。

有关它的一段传说，我想在这里复述一下：

公元1207年，铁木真回室韦祭奠先人。半路上，他看到山峦叠重，树木森森，突然萌生出狩猎的念头。遂放马奔跑，逐鹿至龙岩山顶。山风吹拂起这个蒙古汉子的长袍，他极目远眺，只见林海茫茫，云霞万丈，雾岚轻起，江山如此多娇，他顿生一统蒙古的豪情壮志，于是对着山峦振臂大吼一声，莫尔道嘎！蒙语里，莫尔道嘎意为"骏马出征"。从此，莫尔道嘎就被传叫开来。

莫尔道嘎的街也小，走了不过十来分钟，就把主要街道全给走下来了。绿星广场上，立着不少雕塑，有滑冰的小孩，有小小的吹号手。最突出的，是五六个伐木工人抬着原木，一个个都穿着厚棉衣，戴着厚棉帽，弯腰曲背，壮实憨厚，眉目清朗。很有北国味道。

村庄跟镇子相连着，跨过一条河去，也就是了。有地摊儿在路边摆着，卖些当地农产品。蔬菜有四季豆和番茄。也看到一加工店，卖粮油米面的。店老板是个女人，笑微微站在门前，正跟熟人打着招呼。我看着，觉得亲切，只当没有远行，就在自家门口遛着弯呢。当地人也都能说一口普通话，笑笑的，很和善。

出镇子去，沿着一条泥路往坡下走。望见有山横在前头，我很想爬到那山头上去看看。人家的房，顺坡而下，一直延伸到山脚下。都是桦木垒出的房，屋顶用桦树皮盖上，有大大的院落，木栅栏扎得很高。

路上寂静，没遇上什么人。我在一户人家的木栅栏边停下来，透过木栅栏的缝隙，看到有妇人在院子里忙活，头上扎着花头巾。院子里堆满木材，一垛一垛的。那情那景，让我疑心走进《诗经》里：

> 绸缪束薪，三星在天。
>
> 今夕何夕，见此良人。
>
> 子兮子兮，如此良人何！

有解读说是新婚之夜，火炬高照，郎情妾意，良宵苦短。我却更愿意把它想成是时间无垠的荒野中，一个人和另一个人的初相遇。像我之遇莫尔道嘎。没别的可赠送，束薪相待，温暖可依——这是瞎想了。

我就那么默默注视了妇人小半天，妇人也没有觉察到，她自忙着她的，手臂柔软，舞蹈一般的。院子里有格桑花，一簇一簇地开。还长了类似于卷心菜的菜蔬，绿绿的，肥肥的。

有花有菜，这才叫好日子呢。

到莫尔道嘎，森林公园是要去看一看的。"南有西双版纳，北有莫尔道嘎"，大家都这么说。

我颇有些犹豫，一路的森林早已看饱了，再看，也大抵都是些树，有什么看头呢！司机却怂恿我，你都到这地儿了，大老远来一趟不容易，不看一看，可惜了。

好，那就去看看吧。

130元一张门票。我背起包就往里冲，是打算边走边览的。司机开着车跟进来，急得直叫，你咋能走着呢？这么大的地方，你怎么走呢？

这才知，它比一般的公园大了去了，占地面积达57.8万公顷，是我国目前面积最大的森林公园。

车子拐进一条道，又一条道，路两旁，尽是林木。各种松树混长，诸如落叶松、马尾松，苍苍压翠翠。过龙岩山，我们直奔着"红豆坡"去。都说南国生红豆，北国也有的，且更甚，满山满坡都是。我跳进去，寻红豆，俯身半晌，觅得一把，高兴得很。旁有人在采摘一种植物枯了的叶，说叫杜香，回去放衣橱里，既熏香，又能熏虫子。怨不得在坡外我就闻见香。满山的杜香伴红豆，这山真是有福，相思都是香的。

我也采摘了一把杜香，放口袋里。后来丢了那把杜香，口袋竟还是香的。直到换下衣服，也还是香的。

山坡下，坐着一卖山货的妇人，提着小桶，一桶装红豆，一桶装炒好的松子。也不见几个游人，她独坐在一棵松树下，悠悠然的。说是卖山货，莫如说是看人来了。这里，一年里大部分时间，都与世隔绝着，难得见到外人呢。

和妇人唠嗑。她热情地抓一把松子给我，要我嗑嗑。我自己打的这山上的，自己炒的，香呢。她说。

谢了她的好意。真想陪她坐在那里，守它个青山永驻。

穿"偃松幽径"，走"鹿道"。

鹿道得名于一只狍鹿下山喝水，踩出一条小道来。

去鹿道不是为寻狍鹿，而是为看两棵樟子松。它们都三百多岁了，是樟子松里的老寿星。一棵坡上，一棵坡下，两两相望。坡下的那棵，枝上长有状如钱币的圆形松包，被当地人称作"摇钱树"。坡上的那棵，更富传奇色彩，它先是被雷劈而枯，后又因雷击而复生，且越长越茂，人称之为"大寿松"。当地山民常来祭拜，摸一摸摇钱树，拜一拜大寿树，说是会人财两旺。

我在坡上的树下逗留很久，惊叹于它的枯死又复活。谁知道生命里，到底还藏有多少奇迹呢？

到"一目九岭"。

我爬上山巅，放眼处，山连着山，岭挨着岭，重重叠叠，叠叠重重，哪里数得清到底是不是九岭。

阳光遍洒，雾岚轻起，那些山岭，浮在雾岚中，仿若仙岛。有人用"山幽雾粉"、"松黛桦橙"来形容这时节的一目九岭，真是很形象。

从山巅上下来，顺"猎人通道"进入山谷。木栈道上，除了我，再无旁人。连鸟声也不闻。触眼之处，是树，是树，还是树。一棵白桦，和一棵落叶松身子连在一起了，你中有我，我中有你，生死相随。像这样亲密无间的树，还有很多，有像母女的，有像父子的，有像祖孙的，有像兄弟姐妹的，有像朋友的。树的世界，亦如人的世界，左不过一个"情"字。

有情有爱，这生命才算没有白过。

伍

室韦在蒙语里意为"森林"之意，当地人称它吉拉林，北魏时始有记载。史上分分合合，合合分分，使得它的成分颇为复杂，鲜卑、契丹、突厥、蒙古，此消彼长，它成了一个多民族的混合体。

它的出名基于两个因素：一、它是蒙古人的祖先"蒙兀室韦"部落的发祥地。二、它是中国唯一的俄罗斯民族乡。

镇上充塞着马粪味。木刻楞东一幢西一幢的，都是新修建的。列巴房、饭店、旅馆林立。格桑花开在每幢房子前，傻乎乎的，无限天真地开着，捧着一张张粉艳艳的小脸蛋。

司机告诉我，室韦也就夏天热闹一阵子，那个时候，外地人全涌了来，巴掌大的小街上，全是车和人，脚都插不进去，菜价房价都高得离谱。可一过夏天，这里一下子冷清了，做生意的也都关了门，不在这里住了，全跑去额尔古纳和海拉尔了，这里也只剩下几十户的原住居民。

我想象了一下它冷清的样子，是风吹着冰凌，整日里刺啦啦地响着的罢。

进一家饭店吃午饭。店主忙得热火朝天，打着赤膊，肩上搭一条毛巾。据他讲，是满洲里人，来此做生意七八年了。饭店的墙上，挂着成吉思汗像，被油烟熏成古迹了。

一个炒野生蘑菇，要88元。米饭也要8块钱一碗。跟他讲，好贵啊。他却无辜地睁大眼睛看着我，说，都是这个价的。

旁有一桌室韦女人在吃饭，一盘子炒肉丝，还有一盘子炒素菜。她们佩戴着夸张的首饰，大大咧咧。她们大碗喝酒，喝了一碗又一碗，是自酿的女儿红。司机悄声跟我说，这是俄罗斯人的后裔，特能喝的。她们整天也没什么事做，就是喝喝酒。司机好像很熟悉她们似的。

我笑了。有酒相伴，安然无恙，这也是人生乐趣的一种吧。

饭后，我去镇旁看额尔古纳河。这条长达667公里的河流，是蒙古人的母亲河。河水清得发黑，有点像黑绸缎铺着，被风吹得翻卷起来，哗啦啦作响。有当地居民在河边撒网捕鱼。对岸，俄罗斯人的村庄，清晰可见，一律灰扑扑的房，有些冷清。

一入冬，这条河上的冰厚得能开卡车，司机告诉我。他讲了一个关于室韦人的笑话给我听。说，某年的冬天，一室韦人酒喝多了，在这冰上溜达，溜着溜着，头就晕了，竟溜到对岸俄罗斯人的村庄去了。在那儿，他满大街摸着自家的门，转悠了大半夜，也没摸着。直到他酒醒了，总算明白过来，原来，是跑错地儿了。于是，再折转身，从冰上溜回来。

特爱这个笑话，底调很暖。我想着它应该有后续——那醉酒之人，随意扣开了一家门扉，跌跌撞撞就往里钻。屋子里，这一家正围炉夜话呢，红泥小火炉，绿蚁新醅酒。灯光过处，这一团醉影，突然不期而至。喜的是这家人，上帝送来这样一个不速之客，犹如天降的礼物。来呀，来呀，快请进呀，尊贵的客人，我们一起喝一杯吧。

一醉方休，人类大同。

只为途中
与你相见

壹

睡了一个囫囵觉，天也就大亮。

车窗外的景致大同小异，满眼看过去，都是绿，葱绿、墨绿、深绿……不一而足。那是树的绿，田间植物的绿，生命欢腾的绿。人家的房，掩映在绿里面，有的是红砖红瓦，有的是粉墙黛瓦，像水彩画。

八月的大地是富足的。雨水和阳光一样丰盈，所有的生命，都一副水灵灵功德圆满的样子。

一过石家庄，我对面铺的男人就坐不住了。他是浙江人，做木材生意的，他丢下他正做得红火的生意，带了念高中的儿子去西藏。

钱什么时候都可以赚，这个好男人说，要让孩子出来多走走，多看看，眼界才会开阔。

男人伏到窗口，不错眼地对着外面看，不时大叫着他儿子，军军，你看，那外面！叫军军的小伙子却一直闷头在玩他的平板电脑，对外面的景致兴趣不大，男人叫一声，他就伸一下头，过后，又埋首到他的电脑上。

我合上在看的书。窗外掠过的景，跟内地有了分别。树都是笔直地朝上，每根枝条每片叶子都是。土是直立的，直立成小山丘，一座一座的小山丘。一些房舍，像棋子似的，散落在小山丘周围，让人想起那首著名的《黄土高坡》。

这么看着看着，也就到了兰州。天色渐晚，站台上卖吃食的小推车，呼啦啦簇拥过来。一种高粱面做的大饼很抢手，车上的旅客几乎人手一只。饼很糙，并不好吃，但没人介意。出来旅行图的就是个新鲜与热闹，每到一处，都恨不得能把那处打包，塞进行囊里带走。

火车上的晚餐陆陆续续登场，各种吃食的味道，在车厢内弥漫。餐厅卖盒饭的推车，在走廊上来回走。盒饭来啦！盒饭来啦！乘务员大声叫卖。一时间，如同集市，喧喧闹闹。

深夜十点过后，各种声音渐渐沉没，睡梦开始来敲门。模糊中听到有人问，还有多远到？听得答，现在已走一半路了。

哦，就快到了呀，是欢喜的一声呼喊。四周彻底安静下来，火车哐当哐当的声音格外分明，把黑暗的浪花溅得四处飞溢，如船划破波浪。

太阳很晚才出来。这个时候，火车已行驶在青藏高原上了。茫茫的戈壁滩，一望无际的茫茫，色彩单一，山都是光秃秃的，生灵不见一个，只有天空和大地两两相望。

生命的渺小，在那一刻表现得尤为强烈。你还有什么可争的，还有什么要争的？你争不过天去，争不过地去，还是与自己和解吧。

盐像雪，一撮一撮的白，点缀着寂寥无垠的戈壁滩，像在上面绣了一朵一朵的小白花，使戈壁滩更显得空旷寂寥。突然有人惊呼，看，那儿有个人。众人都挤过去看。可不是吗，的的确确是一个人，看不清他的面目，只见他的一只手，举着，那是标准的敬礼手势，他在向我们的列车敬礼。

众人挥舞着手兴奋地朝着他呼叫。那么远的距离，他是看不见也听不见的，他一动不动地举着手，塑像一样的。在他眼里，这列列车，就是一个活的生命。他在向生命致敬。他是养路工，是进藏的旅人，还是当地居民？不得而知。他成了我们进藏路上，一个不可磨灭的景，生命是如此渺小，又是如此庄严。

一过可可西里，大地上的色彩渐渐繁复起来，随处可见草地，绿地毯一样的，铺向远方去了。雪山卧在天边，一座一座，浑圆柔和，或是孤独如树。对，像树，在可可西里，就没见到一棵树，那些山，便充当了树。山的脊梁上，厚厚的积雪，在白日光下莹莹闪亮。草甸上，一眼一眼的小湖，或称之为小河、小潭，蓝莹莹的，或是清幽幽的，如草甸上的眼睛。蓝天掉在那些"眼睛"里了，白云掉在那些"眼睛"里了。

看见藏羚羊，车上人激动得齐齐欢呼起来，端起相机，对着窗外一通猛拍。然这样的激动只持续了一阵子，随后成群的藏羚羊，成群的牦牛，成群的雪山，成群的草地、湖泊，像变魔术似的，连绵不绝。大家由起初的惊呼，渐渐变得"司空见惯"了，不再大呼小叫，而是安静地看着，看累了，就闭上眼休息一会儿，睁开眼来再看。错过了几块草甸几只藏羚羊几座雪山，也不足为惜，西藏这块广袤的大地上，有的是，真正是奢侈铺张得不行。

白云在山间捅着挤着。白云在天上捅着挤着。你就没见过那么丰富的云。有的躲在山后，鱼一样游着，吐出一圈一圈的白泡泡；有的浮在半空中，羽毛一样的，仿佛风一吹它就飘走了；有的匍匐在山巅上，如一群散步的绵羊，嬉戏着；有的堆积在海蓝的天幕上，棉絮一样的……

太阳到晚上九点多才落山，而这时，月亮早已迫不及待从东边的山头升起来，大而浑圆。大地上出现了奇异的景象，一半橘红，一半素白，相互辉映。

贰

凌晨一点半抵达拉萨，火车晚点六个多小时。

一脚高一脚低地随着人群走出车站，风，凉凉地拥抱了我。我站定了看，车站广场上，灯光朦胧，人影绰绰。曾经无数次向往过的地方，真的见面了，我心平静，如同来见一个老朋友。我微笑着，在心里默默跟它打了声招呼，你好，西藏。

远远望见接站的导游小訚，高举着事先约定好的蓝色布袋，上书：圣地西藏。同行的人大喜，冲过去，找到组织了！

有人在越过唐古拉山时，就起了高原反应，头疼，呕吐。小訚问我，你没事吧？我晃晃头，嗯，清醒着。我甚至还抬脚跳了两跳，心想着，西藏不像传说中的那么可怕嘛。

抬头，劈面撞见一个大大的月亮，银盘子似的，悬在半空中，低矮得似乎伸手可摘。不远处，黛色与青色相互交融。拉萨的夜，静如神山，没有灯火辉煌，天和地都安睡在神的怀抱中。

早上八点多，拉萨才从梦中醒过来，晨曦渐渐弥漫，月亮却仍挂在天上。我的头开始山呼海啸，高原反应来得突兀而强烈，几乎起不了床。同行中有人带了头痛散，热心地拿来给我吃。吃一吃就好了，他们说。高原之上，能受到这份照拂，有亲人的感觉。

到拉萨，布达拉宫是一定要去的，这颗镶嵌在世界屋脊上的"明珠"，具有一千三百多年的历史，曾是西藏的政权中心，是世界上海拔最高最雄伟的宫殿。小闫昨天就预定了参观布达拉宫的门票。据讲，参观布达拉宫每天限人数一两千人，即便买到门票了，也要听候通知什么时间段才能进去。运气好的话，可以当天完成参观。运气不好，则要等到第二天，甚至第三天。

我们运气不错，参观的时间被安排在当天上午十一点。时间充足，我得以打量这座离太阳最近的"日光城"。街道两边的房都不高，有着浓郁的民族色彩，经幡飘拂，店名叫得令人浮想联翩，什么玛吉阿米、仓央梅朵、青稞物语。也有现代元素夹杂其中，如时尚美容、特色酒店。远处近处，都是白花朵一样的阳光，硕大无朋地开着，整座拉萨城就这样被无数朵"白花"簇拥着，光华熠熠，仪态万方。手持转经筒的藏人，头顶着大太阳走着，目不斜视，口念六字真言：唵嘛呢叭咪吽。佛意扑面而来。

也终于抵达布达拉宫广场。安检严格，液体的东西一律不允许带进去，包括女人的化妆品，像口红之类的。小闫是这么解释的，布达拉宫大多是木石结构，最怕引起火灾。没有人提异议，大家都按规定行事，越发增添了布达拉宫的神秘感。

仰望红山上的布达拉宫，心被一种神圣感紧紧攥住，动弹不了。眼中的建筑气势恢宏，磅礴万千，红宫雄踞中间，左右两侧分列白宫和白色僧房，红白辉映，似雄鹰张开两翼，就要腾飞了。又安详得似佛在打坐。

小闫再三叮嘱我们，上去参观，一定要慢慢走啊，一步一步上去，不然会喘得受不了。

这其实不用他叮嘱，在海拔三千七百多米的地方，要想疾步快走，是不可能的。在这里，你再多的急躁，也得一一收敛，凡尘浮世暂且抛到一边。这里只有蓝天、白云，和锡箔似的阳光，以及洁白的安宁。风吹着经幡，永生永世的模样。人变得耳清目明，洁净出尘，脚步缓慢从容，慢慢地，靠近佛。

从山脚下的无字石碑起，我们在曲折蜿蜒的石铺斜坡路上，几乎一步一停留。外表看过去，高达115米的布达拉宫无非红，无非白，却层层更替，错落有致，如齿轮咬合，衔接得天衣无缝。红宫里陈列着佛堂和灵塔。人群穿过一座座佛堂，无声地向前移动着，讲解员的声音，在这边那边响起，他们在介绍一些壁画，传说和历史在这里相互交织，每一方空气，都是厚重的。我走马观花着那些精美的壁画，它们寸寸都是用真金白银绿松石红珊瑚等珠宝研出的粉末镶的，流光溢彩。达赖喇嘛们的灵塔，更是令人震撼，高达十来米的塔身全部以金皮包裹，各种价值连城的珠宝玉石镶嵌其上，金碧辉煌，光芒万丈。在这里，黄金是最不值钱的东西，不是以克、两来计算，而是论公斤论吨。

听小闫讲过一笑话，某天，一藏人意外获得一颗夜明珠，他欣喜若狂，手捧夜明珠，乐颠颠地直奔布达拉宫，求见佛祖，他要把夜明珠献给佛祖。当佛祖最终收下了夜明珠，藏人激动得热泪滚滚，天赐福祉，他感恩戴德地回家了。小闫说，藏人家里是不藏金银财宝的，他们认为那是佛的东西，应该由佛来掌管。

我听得感慨不已，对藏人来说，黄金珠宝，不过是赘物，当身无赘物，世俗的心，会变得空灵。再看街上行走的每个藏人，都看出轻盈来。

我在红宫的平台上小憩，撞见一个大花园，里面开满肥硕的红花，大红、粉红、玫红、橘红、深红、桃红，不一而足，仿佛所有的红，都跑这儿扎堆了。我想起那首在民间流传盛广的诗来：

　　那一天，
　　我闭目在经殿的香雾中，
　　蓦然听见你颂经中的真言；

　　那一月，
　　我摇动所有的经筒，
　　不为超度，
　　只为触摸你的指尖；

　　那一年，
　　磕长头匍匐在山路，

不为觐见，

只为贴着你的温暖；

那一世，

转山转水转佛塔，

不为修来世，

只为途中与你相见。

我如此的不远万里，跋山涉水，原也只为了这一刻，能坐在这样的红宫平台上，与它们相见啊。

下午，我们参观了大昭寺。大昭寺是拉萨旧城区的中心，当年，松赞干布迎娶文成公主之时，这里还是荒草沙滩，卧塘深深。后为建造大昭寺和小昭寺，松赞干布下令山羊背土填卧塘。大昭寺建好后，里面供奉了文成公主从大唐带来的释迦牟尼十二岁的等身像，使之成为传教理佛之地。藏人有"先有大昭寺，后有拉萨城"之说，它在藏人心中的地位，至高无上。许多藏民叩长头，匍匐在山路，风餐露宿，不远千里，来到大昭寺，只为拜见心中的佛。据说不少信徒不幸在途中毙命，同行者敲下他嘴里的牙齿，替他带到大昭寺，供奉在佛祖面前，也算他来朝拜过了，了他心愿。

这已远非用震惊能表达的了。我们绕着大昭寺外辐射出的街道八廓街，按顺时针方向转了一圈，嘴里念着唵嘛呢叭咪吽，也算礼拜了一回。六字真言是藏人的灵丹妙药，能消除万般苦千般难，我且拿它来治我的高原反应。也是奇了，当我不断念着唵嘛呢叭咪吽时，头竟不那么疼了。

大昭寺人多。叩长头的藏民，重复着机械的动作，跪起，叩拜，再匍匐，汗珠子在他们额上滚着，他们却一脸平静，继续着他们的虔诚。外来客乍见那浩大神圣场景，总会如禅定了一般，站着看，一时半会儿回不过神来。

也有藏民扶老携幼，提着水瓶，前来给长明灯添加酥油茶。我见着一个小男孩，人小，够不着佛殿的酥油碗，他努力踮着脚尖，在母亲的协助下，终于成功添了几滴酥油茶，他脸上立即绽开幸福的笑容。信仰是道无法破解的符，它是从小就植根在人们的心里的。

大昭寺里多壁画和佛像，和红宫一样，也是金碧辉煌。我因一尊女像怔住，那是一尊侧身像，面部表情饱满柔和，安详得像母亲。所有的佛，原都是母亲，心胸阔大，你好的情绪坏的情绪，她都能帮你一一收留，让你逢凶化吉。

参观完大昭寺，日头还高。看时间，下午五点了，在内地和沿海，这应是黄昏了，拉萨城却俨然还是大白天，太阳把一座城照得银光闪闪。街上的行人，步履缓缓，该去哪儿去哪儿。路边的小摊子，还在经营着它的小生意。

我和那人去吃晚饭，推开一家藏人开的自助火锅店的门，里面无人，店主好半天才从里间走出来，看到我们显然吃了一惊，这么早吃晚饭，藏人很不适应呢。茶水很快端上来，店主又退到里间，把店堂放心地交给我们。我们临窗而坐，喝水，吃黑猪肉，那人还要了一瓶啤酒。日头像小蜗牛似的，缓缓移过一座建筑，再一座建筑。一直到晚上八九点，它才移过火锅店门前的广告牌去。天，渐渐暗了，拉萨的夜晚，才真的来临。

叁

林芝有西藏"香格里拉"之称，是西藏的"江南"。

清晨五点，我们全体集合，摸黑上路，从拉萨出发去往林芝。在车上，小闫一再打招呼，大家辛苦了！没办法，到林芝全程一千多里，盘山道不好开，在路上我们将要逗留十多个小时。我们难得来一趟，早点去，多看点美景，你们说是不？大家齐声附和，是啊是啊，为了让眼睛在天堂，就让身体在地狱吧。

我的高原反应一直很严重，折磨得我夜里根本无法入睡，深夜一点盘腿坐在床上，吃头痛散，吃红景天。这样硬撑着上路，只不想错过这"天堂"里的好山好水。

天亮得晚。当晨曦破开一线天的时候，所有的山峦，都渐渐苏醒过来，一副神清气爽的好模样。初升的太阳，拉出一丝一丝的金线，不停穿梭，很快，它给山峦织出了一件金光闪闪的袍子。当所有的山峦，都披上了这样的金袍子，整个天地，变得晶莹华彩，犹如传说中的天宫。

雾起。绵羊毛似的雾，在山间自由来去。山峰在大团大团的雾中忽隐忽现，偶露峥嵘，便是光芒璀璨，让人惊艳。那些雾是云的孩子吧，它们承袭着云的轻盈和飘逸，又比云更为灵动和神秘。

山亦是自由的。它们或卧着，或立着，或躺着，各有各的姿态。这是西藏最好的时节，满山的绿披挂着，铺排着，红花朵黄花朵间隔其中。

水更是自由的。尼洋河一直伴着我们的车行，一会儿急湍，一会儿缓慢悠闲。水清得发绿。有人家在水边住，红砖蓝瓦的别墅，或是青砖红瓦的别墅，门楣上绘着五颜六色的画。门前都有小花园，一蓬一蓬的花怒放着。我们心生羡慕，这是神仙住的地方啊。小闫介绍，这都是国家援建的，现在藏人的日子，过得相当优裕了。

牦牛，或是绵羊，也有马，都是幸福得不得了的样子，它们低头在山坳处吃草，神态安宁。水肥草美，这是它们理想的王国。

到米拉山口时，太阳已升得很高，山间的雾气仍很重。一车人下来，在米拉山口稍作停留。米拉山海拔高5013.28米，是拉萨和林芝的分界山口，它横亘于东西向的雅鲁藏布江谷地之中，是雅鲁藏布江东西两侧地貌、植被和气候的重要界山，是藏人心目中的神山。山口挂满经幡，红白蓝绿黄，在风中飘拂，神秘庄严。不远处的群山，太阳照着的地方，镂金镶银，光华灿烂。照不着的地方，则幽暗深邃，神秘莫测。

山口风大，冷得瘆人。赶紧拍几张照片走人，山山水水，根本用不着挑角度，每一处都美得让人心慌。

午饭是在林芝的行政中心八一镇吃的。这里原先不过几座寺庙、几十户人家，后来竖起房屋，拉起电网，铺起水泥路，慢慢发展壮大，跟内地任何一座城镇别无二样。要不是看到一些经幡，和不时走过的穿着藏族服饰的藏民，真疑心是到了内地某个城镇。

海拔已降至2900米，人舒适多了。小闫跟大家开玩笑说，这里才是真正的天堂，等到了晚上，大家好好泡个热水澡吧。

我们上车，赶去南伊沟。南伊沟是喜马拉雅山脉无数个美丽的沟谷之一，谷内住着神秘的珞巴族人，原始森林密布，美丽的南伊河由南向北，贯穿其中，流入雅鲁藏布江。它是西藏的小江南，风景堪比九寨沟。

我们在下午三点，抵达南伊沟。让我们惊讶的是，景区门口，除了我们这辆大巴外，别无其他车辆。

我们在一户人家屋前停下，等着武警上车检查。这里与印度毗邻，边关地区，把守严格。又因保护自然生态，限制游客人数，所以在这里，看不到内地景区人满为患的场面，听不到任何喧哗，也不见五花八门的小摊。

静，真静。时光慢慢悠悠，我们得以细细打量眼前的这户人家。二层楼房，开着一间商店，门口拴着一条大黑狗，狗很安静地伏在地上，看着我们这辆车，目光温和。两个小孩在门口玩耍。店门口坐着两个穿少数民族服饰的妇人，她们不看路人，一个在给另一个梳理头发。一当地人来，拿起摆在货架上的灵芝，敲了敲，嗅了嗅，放下钱，拿东西走人。一青年人过来，拿几只水果，看上去像李子，他兀自放电子秤上称一下，丢下钱，拿起水果就啃。两个妇人始终没有抬头，任他们自由来去。——看得我莫名感动，这种坦诚与信任，像遍地的阳光。

坐上景区内的电瓶车，去南伊沟的深处。小闫一再关照，不要戴帽子，谷里风大，会吹跑的。穿暖点，要带上伞，一谷有四季，说不定会碰上雨。我们一一照办，做足准备，只为一睹她的芳颜。

一路上山好水好，草木森森。多野花，黄的，红的，紫的，一枝一枝，一簇一簇，站在草地里，站在半山腰，站在南伊河畔。南伊河一路向前，奔着，涌着，欢呼着，砸出一大朵一大朵洁白的浪花。

认识了一种叫高原明珠的植物，开白花结红果的。听跟随我们的藏族姑娘达娃卓玛说，这种红果子能吃。她摘一串，请我们每人尝几粒。真能吃吗？有人疑惑。小姑娘骄傲地说，当然能，我们这里的果子，大多数能吃，很甜的。我们吃几粒，果真甜。

认识了珍珠花。形似珍珠，一开一大团。还有一种紫色的花，叫的名特有趣，叫跳走松鼠。达娃卓玛采一朵放手上，看，它会跳。她示范着。众人频频称奇。我们还特地停下来观看一棵冷松，它的上面结满大如苹果的紫色的果。——好山好水润着，这里的植物都成精了。

珞巴族人的村庄，掩映在一些绿树后。这个中国人口最少的民族，有太多的图腾崇拜，刀耕火种的生活习惯，一直保留至今。我们进谷前，小闫再三交代过，不要随便靠近珞巴族人的村子，不要打扰他们。我们远远站着看，看山看水般的。他们与自然融合在一起，我们能做的，只有敬重。

沟谷的深处，是树，是树，还是树。树上垂挂着松萝，灰绿色，密密的，柔软细长。松萝是一种有洁癖的植物，空气中有一点点污染它都不能存活，所以被人称为最好的环境检测器。沟内松萝遍布，这里的生态环境，无疑是最洁净最原始的。

我们踏上穿过原始森林的木栈道，吸进去的空气，都是树木花草的味道。人走在林中，被染成一个个绿人了。眼睛所见的，是树，是树，还是树。随便一棵，都是上了年纪的。有的树老了，自己倒下去，也没人捡了当柴火，一任它倒下，和着泥土一起风化。——在这里，做一棵树是幸福的，生老病死，一切顺其自然。

草甸，一处，一处，又一处。绿缎子一样的草，铺向山上去。

花朵点缀其间，五彩缤纷。我们在草甸间流连，草和花，天空和大地，每一处都美得让人惊惶失措。几只马在不远处安静地吃着草，它们背上的绣花垫子，在金色阳光的照耀下，格外炫目。我真很想做一只草甸上的马，享尽无限自然，最后终老在这里。

<h1 style="text-align:center">肆</h1>

去雅鲁藏布江大峡谷。

仍是赶早去，我们一路上把星星望没了，把太阳望出来。

小闫是个相当有经验的导游，他带过的团不下几百个。他说，去晚了会排在后面，也许当天都游玩不成，我们早点去，可以多玩会儿。

西藏的每处景点，几乎都限制游览人数。大家表示可以理解，没人叫屈。

途中遇到早起的藏族女人，赶着一群牦牛和羊，牦牛的角上，都系着红花朵，在清晨的薄雾中，看过去，煞是好看。小闫说，这户藏民家可有钱喽，一头牦牛少说也值八九千。我们羡慕地啊一声，看赶牛的女人，却一脸淡然。牛旁边走着她的小孩，黑红的小脸，背着书包，去上学。

我们的车，停下来让牦牛和羊走。牛不看我们，羊不看我们，女人不看我们，小孩也不看我们，他们自走他们的。我们微笑着看，为这份遇见欢喜着，又伤感着，今生今世，这是唯一的相遇，再也不会相见。

抬眼望去，牛和羊，在半山腰吃草。它们的周围，除了青青的草，还是青青的草，头顶上是蓝得欲滴的天。它们在那里，高兴吃哪棵草就吃哪棵草，高兴跑到哪座山头去，就跑到哪座山头去。在这里，做一只羊或一头牛，也是幸福的。

上午九点左右，我们到达雅鲁藏布江大峡谷。雅鲁藏布江，藏语里的意思是，从最高顶峰上流下来的水。它位于东喜马拉雅山脉尾，由东向西突然南折，江水绕行南迦巴瓦峰，峰回路转，作巨大马蹄形转弯，形成了一个巨大的峡谷。它是世界上最长的也是最深的峡谷，谷内冰川、绝壁、陡坡与泥石交错在一起，环境恶劣，最核心河段，长约近百公里，峡谷纵深，激流咆哮，至今仍无人涉足，被称为"地球上最后的秘境"。

游客进入峡谷内有水路和陆路两种，我们选择了陆路，相对来说活动自由些。在景区内，随便乘上一辆中巴，一路向着谷底去，全程约40公里。

一路上看山看水看树看深谷，因地形奇特，带给人强烈的视觉冲击。车子一会儿上去，一会儿下来，有时一个大弯，眼看着车子就要撞上山了，我们惊出一身冷汗，司机却若无其事，他嘴里叫，抓稳啦！又是一个急转弯，车子已拐过一个山角去，下面就是悬崖峭壁。我闭起眼睛念唵嘛呢叭咪吽。这是小闫教我们的方法，他说，紧张时你就念念，念念心就平稳了。怨不得藏人看上去，一个个都是从容淡定的。

我们从谷顶下到谷底，囫囵吞枣地咽下一些景色，如原是工布首领的庄园城堡，后在波密的战乱中被毁的大渡卡，这也是雅鲁藏布江大峡谷的起点。站上面望下面的江，两岸青山对出，一江弯曲奔腾呼啸，永无止息的样子。农庄点缀在峡谷平稳处，绿瓦盖顶或是红瓦盖顶的房，很鲜艳。房周围的麦子熟了，麦浪翻滚，间或一团一团的黄菜花，应景儿似的，冒出来，一派江南的春深景象。

我们在一棵大桑树下留了影。据说那是松赞干布和文成公主当年亲手栽下的，象征爱情不老。在大桑树下站一站，可以沾沾爱情的喜气。一些黑山猪，这时不知打哪儿冒出来，在我们脚边绕着，像在问好，你好啊。我也对它说，你好啊。

我们继续着向往，奔着南迦巴瓦峰去。南迦巴瓦峰海拔高7782米，巨大的三角形峰体终年积雪，云雾缭绕，从不肯轻易露出真面目，有"羞女峰"之称。在藏语里，南迦巴瓦峰有多种解释，一说是雷电如火燃烧，一说是直刺天空的长矛。我最喜欢的说法是，天上掉下来的石头。它是当之无愧的神山。

小闫说，他带团来过百十次，却只有幸看到过两次它的真面目。看南迦巴瓦峰，得讲缘分。我们运气好得真能去买彩票，几天来，一直是天空晴朗。有人高叫，快看，那里！我们仰头去寻，远远的，云雾缭绕中，现出了白雪皑皑的峰顶。它的周围，自得如棉絮的云雾，翻涌着，它多像是身穿羽衣的神女，在云雾的簇拥下，明眸皓齿，熠熠夺目。

一时间，人怔在那里，就那样傻傻望着，恍惚间，不知身在何处。

伍

初在旅游简册上看到"秀巴古堡"这几个字，人就犯了痴。按我一贯的浪漫想法，这一处定是古意森森，风景秀美，说不定还能逢上几个世纪之前的王子和公主。

事实上，藏语里的秀巴，是剥皮的意思，一点儿也不诗意和温暖。

相传，很久以前这里有两座寺庙，一座为藏传佛教的黄教寺庙，一座为林芝原生苯教寺庙。后来，两派发生了纷争，最后苯教取胜，软禁了黄教住持，并将他活活剥了皮。该地因此得名秀巴。

秀巴古堡位于西藏工布江达县巴河镇的秀巴村，占地十余公顷，迄今已有一千六百多年历史。原有古堡七座，按北斗七星位置排列，因长期的风侵雨蚀，倒塌掉两座，现存五座。我们到达时，黄昏了，风起，有点冷，四周寂静，不见多余一人。古堡如烟囱似的，在金色的黄昏下，默对苍穹，沧桑森严。远处，雪山依旧巍峨。近处，美丽的尼洋河绕过它的脚下，不息地流着。前世今生，在这里汇聚成永恒。

仰望古堡，虽历经风吹雨打，处处破败不堪，但仍能看出它当年的气势磅礴，雄姿英发。古堡的外观呈十二面十二棱柱状体，九层，全由片石和木板砌成。无顶，中空，侧壁有瞭望孔，战时用来射杀敌人和瞭望敌情。这既吻合了内地建筑的"天圆地方"之说，又保留了典型的西藏传统建筑风格，其精湛的建筑工艺，令今人叹为观止。

关于这座古堡群修建的年代及用途，却众说纷纭，使这座古建筑群，蒙上一层神秘面纱，成了一个千年之谜。不过，在当地人的心目中，是没有纷争的，他们会肯定地告诉你，这是格萨尔王降魔伏妖的第一战场啊。他们把秀巴古堡，也叫作萨格尔古堡。

传说格外动人。当年，危害一方的妖魔钦巴哪波，居住在城堡内，它占据有利地形，居高临下，格萨尔王的部队攻打了三年，也没能攻下它。后格萨尔王在梦中得到神的指点，说妖魔在黎明时分功力最弱，此时用弓箭射杀，必能成功。格萨尔王得此指点，连忙组织精锐神箭手，于夜色中登上对面的山顶。破晓时分，格萨尔王一声令下，一支支利箭射向了古堡，妖魔猝不及防，束手就擒。至今在秀巴村的山上，还留有当年的箭痕呢。

我坐在一块石头上冥想，一旁的马兰花开得轻舞飞扬。藏民们拜灵留下的玛尼堆，一个比一个高，它们静穆在黄昏下。我仿佛听见一支支利箭的呼啸声，猎猎风中，战马嘶奔。古今多少事，都付笑谈中。

一藏族老人走过来，靛蓝的衣裙，蓝色的头巾。我站起来笑着跟她打招呼。她的面部表情看不真切，脸上的皱纹，堆积在一起，像玛尼堆。我问她古堡的事，她咕噜咕噜说了一大通。她听不懂我的话，我也听不懂她的话，但不妨碍我们两个愉快地交流。

我们就那样"聊"着天，她说她的，我说我的。太阳渐渐斜了，我要走了。我跟老人告别，挥手的姿势她看懂了，她便也举起手，向我挥着，嘴里还在咕噜咕噜地说着话。

我走了很远，回头望，老人还站在那里，望着我们。飘起的头巾，像一页经幡。她的身后，千年的秀巴古堡，静静伫立着，耸入云天。

陆

从拉萨去往日喀则，是往后藏而去，沿途的色彩，比起前藏来说，稍稍逊色了些。然处在八月好时节，也是黄是黄，绿是绿的。山大抵都是光秃秃的，寸草不生，山脚下却黄绿铺陈。绿的是青稞，刚刚抽穗。黄的是油菜花，刚刚怒放。没有整齐划一的，都是顺势而长，反倒有种自由散漫的美，看得人心猿意马。

沿途要翻越海拔4990米的甘巴拉山口。不知是不是心理作用，一听到高海拔，我的头又开始山呼海啸起来，得用手指头紧紧按住两边的太阳穴，眼睛却不肯闭上，窗外的景，我不想错过一点点。

山脚下走着藏家女人，牵着小孩。她走过一片菜花地，背上的背篓里，塞满青色的草，她走，草也走，一颠一颠的。她是要回家去喂养牛羊吗？我的思绪跟了她好远。哪里的俗世都是一样的，活着，烟火着。

经过无数的急转弯，我们的车，沿山梁盘旋，一路有惊无险。从甘巴拉山口下来，远远就望见了一枚蓝，像块蓝宝石似的，镶嵌在喜马拉雅群山之中。又似一根蓝色绸带，系在山腰间。小闫宣布，羊卓雍错到了。

羊卓雍错，在藏语里是"碧玉湖""天鹅池"的意思。它是西藏的三大圣湖之一，是喜马拉雅山北麓最大的内陆湖。因汉口较多，像珊瑚枝一样，藏人又称它为"上面的珊瑚湖"。

一车人激动起来，啊啊啊大叫，手舞足蹈，恨不得立即跳下车去。司机见多这样的场景，他笑了，慢条斯理说，别急，车可以停到湖边去的。

真的靠近了。眼睛和心，立即被蓝填满。那是怎样的一汪一汪蓝啊，比天空的蓝更深邃，比大海的蓝更醇厚，蓝得一心一意，蓝得彻彻底底。仿佛蓝缎子似的，在阳光下抖开，风华绝代。又如凝脂，蓝的凝脂，细腻圆润。我的耳边响起当地民歌：天上的仙境，人间的羊卓。天上的繁星，湖畔的牛羊。

湖这面有高高的草甸，碧绿的草，密密匝匝。湖对面有像版画似的山，山脚下绕着绿的青稞黄的菜花。天空蔚蓝，白云几朵，与蓝的湖相互辉映，摄人魂魄。我的高原反应激烈，呼吸渐感困难，但我还是坚持下了车，手脚并用爬上湖边的草甸。

草甸上，一群忘乎所以的游客，在清冷的风中载歌载舞。然歌声也只响亮了一会儿，便停息下来，高原氧气不足，实在不宜大声。那么，就静静的吧，我坐在草甸上，面对着温润如玉的湖，有一刻，我不能相信自己，真的就来到了这个地方。是我吗？是我吗？我这么问自己。浩渺的宇宙中，我也是一个存在，如这片海拔高4441米的湖。我为这个存在，感动得双眼蓄满泪。

我的身旁，出现了两个十八九岁的男孩，他们戴着头盔，腿上绑着护膝，脸庞黝黑，风尘仆仆。他们先是怔怔地望着这片湖，尔后，双膝突然跪下，对着这片湖，哭了。

我从交谈中得知，这两个孩子是武汉某大学一年级学生，对西藏一直很神往。暑假前，同宿舍五六个人一合计，决定骑车进藏。途中，有四个同学先后撤退，剩下他们两个。为了省钱，他们没住过一天旅舍，没进过一次饭店，困了，就睡在随身带的睡袋里，饿了，就吃一些饼干或是方便面。也曾想过放弃，但却心有不甘，神圣的土地就在前方，他们一定要踏上它，也算完成人生的一次挑战。最后，在历经一个月零六天之后，他们终于到达拉萨，到达这里。

我祝福了他们。我想，他们吃得了这样的苦，将来的人生，还有什么坎儿不能迈过去呢？

风凉，湖边不能久待，短暂的会晤，我们不得不离开。我们各自上路，萍水相逢，却有了共同的思念，这片湖，这片蓝，将几回回梦里相见？

同行中有人叹，真想在这湖边搭一座小木屋，日日与这美丽的湖相伴。立即有人接话了，这么高的海拔，你待一会儿可以，待上十天八天的，怕是小命早没了。我在一旁听得高兴，这真是好，它美得高不可攀，这才保持了它的本真。如佛祖流下的一滴泪，永远纯洁晶莹在那里。

柒

告别羊卓雍错，我们越过海拔4353.8米的斯米拉山口，到达海拔5400米的卡若拉冰川的冰舌下。

自打踏上西藏这片土地，沿途已仰望过不少冰川。然那都是远远地观，是天上与人间的距离。卡若拉冰川却放低身姿，匍匐到人间来了。

景点处立了两块大石头，上面用红漆写着一些字，什么乃钦康桑峰，是介绍这座冰川的。不少游客涌过去拍照，有藏人在一边收钱，拍一次10元。我没有去跟风，拍一个石头加几个红漆字，实在没意思。

我的高原反应一直没好，刚吃过头痛片，头仍痛得嚯嚯的。还好眼睛没问题，我可以尽情地看，远远，近近，一无遗漏。蓝天上，飘着雪云几朵。我以为那是雪云，与卡若拉冰川的颜色一模一样，是孪生姐妹。

在西藏，随处可见经幡，它几乎成了西藏的背景。这里亦是经幡飘拂，盛大庄严。许是近距离，冰川失了神秘，变得亲和，你除了可以上上下下打量它，甚至可以走近它，伸手摸摸它凉凉的山体。

整座冰川截然分成上下两部分，上部分积雪皑皑，光华熠熠，气象壮观。下部分却裸露出黑色的山体，沧桑无言。有积雪化成水流，从山体的一道道沟痕中，缓缓流下，像眼泪。冰川在哭泣。

曾经却不是这样的，曾经它无比丰盈，冰舌一直延伸到公路边，晶莹闪亮。电影《红河谷》、《江孜之战》、《云水谣》都曾以这里作为外景地，使这里名声大噪的同时，也给这里带来一定破坏。加上全球气候变暖，它越来越清瘦了。

小闫忧伤地说，每回带团来，都发现冰川又小了一圈。

我们听得默然无语。我们的到来，是不是也在它的伤痕上，又划了一道？这么一想，我们很内疚。

捌

从卡若拉冰川过来，沿途的景色，一扫原先的单调，变得很丰富很田园。峡谷两旁，成片的青稞和油菜花，秀气繁茂。树木也多起来，碧绿葱郁。藏人的房子，在油菜花的尽头，在山坡上。小闫说，我们进入江孜了。

日喀则素有"西藏粮仓"之称，说的是它的富饶。而从属于日喀则的江孜，可以说是粮仓中的粮仓。江孜，藏语的意思是"胜利顶峰，法王府顶"。说"胜利顶峰"不难理解，因为江孜也是一座英雄之城，1904年，江孜军民在这里搭建炮台，反抗外敌入侵，浴血奋战，谱写了一曲爱国主义赞歌。至今，在江孜的宗山堡上，仍保留有当年抗英的炮台。

"法王府顶"我理解为江孜佛教盛行，它有享誉一方的白居寺，是藏传佛教的萨迦派、噶当派、格鲁派三大教派共存的一座寺庙。

我们没去白居寺，而去了帕拉庄园。这本是行程中没有的一项，是小闫临时帮我们增加的，他说，路过江孜，不去看看帕拉庄园，是令人遗憾的。我的脑中立即现出欧洲庄园的样子，小木屋建在树林旁，篱笆墙的四周，开满玫瑰花。若是俄罗斯的庄园，则养满奶牛和马，健美的主妇，提着奶桶，走在碎石铺成的小径上，头发上跳动着阳光碎碎的影，金黄的。

我很想做个庄园主了。

然位于江孜帕班久伦布村的帕拉庄园，却完全不是这样的，我第一眼看到它时，实在吃惊了，这就是传说中显赫一世的贵族庄园？没有玫瑰花，没有奶牛和马，自然也没有健美的主妇。它只是一堆建筑，看上去陈旧不堪，色彩以白为主，墙是白的，廊檐下挂白横帘。主建筑不过三层，内辟一小间一小间。

帕拉家族是一个有四百多年历史的古老家族，几经演变，发展成拥有庄园、土地、牧场、农奴无数的奴隶主贵族。家族中，先后有五人担任过西藏地方政府的噶伦，总管西藏行政事务，在政教合一的旧西藏，帕拉家族有着很大影响。

帕拉庄园现存房屋57间。我们进入院内，沿着陡且窄的木楼梯上去参观，一层有马厩、车棚等。二层有酿酒作坊、织毯作坊、厨房、管家卧房、刑具室等。刑具室墙上挂满各种刑具，剜目、割耳、断手、剁脚、抽筋、投水等，手段残忍，无所不及，是奴隶主用来镇压奴隶的。上到三层，有经堂、会客厅、卧室、玩麻将的专用厅等，那是庄园主及其家人的主要活动区。每一间都很袖珍，却大多数装潢考究，雕梁画栋。

在一间庄园主的衣帽饰物等的陈列室里，我们见到价值连城的裘袄，及一些珍珠宝物，现在还很时尚的奢侈品劳力士、欧米伽手表，那时他已拥有。我在一管乳白色的笛子前停住步，听介绍说，这是一个少女的腿骨做的，它泛着清幽幽的光，让人不寒而栗。天真的少女，她的生命，戛然而止在这款笛子上。

还有用高僧的头盖骨做的碗，是贵族祭祀时用的。——贵族的骄奢，可见一斑。

出了庄园主的院子，对面是狭小灰白的奴隶院，落差的巨大，让人怔在白花花的阳光下。那些土墙垒成的小屋，像极狗窝，我这么个个头娇小的人进去，也得弯了腰。里面一览无余，简单的灶具，还有一床破棉絮之类的东西，胡乱堆放在地上。地上，坑坑洼洼，灰土厚积。小闫说，当年，用一头牛可以换到好几个奴隶的。奴隶的命，贱如草芥。

1959年，最后一个庄园主帕拉旺久参与叛乱，随达赖外逃，据说晚景凄凉。偌大一个家族，作鸟兽散。曾经的显赫，最终，化为尘土。而被他们压迫过的奴隶和农奴，翻身做了主人，拥有了自己的牧场和牛羊。

佛教里讲因果报应，谁说这不是呢！

玖

普天下的寺庙，我以为，都大同小异，看上去都是屋宇高大，佛像威仪，梵音袅袅，香雾缭绕。

扎什伦布寺带给我的第一感觉，却是震撼，这座建筑委实太漂亮太恢宏了。站在尼玛山东面的山坡下，仰仰一望，只见它楼阁崴峨，参差而上，金色的屋顶，高于天齐。

它是日喀则地区最大的寺庙，始建于1447年，为四世之后历代班禅驻锡之地，建有四大扎仓、措钦大殿、班禅拉章、强巴大佛殿、班禅灵塔祀殿等。小闫说，这里面住着僧侣六百多人。

从各处涌来的信男信女无数，风尘仆仆，却都笑微微的，一脸幸福得不得了的样子。有手提酥油桶，来给长明灯添酥油的；有背了佛像，不远百里千里，来请活佛开光的；有来转寺许愿的，每转一圈，就放下一颗石头。玛尼堆就是这样垒起的。游人和信徒混在一起，迤逦而行。但还是一眼就能分辨出，哪是游人，哪是信徒。那种从心底里漫溢出的虔诚，我们这些他乡来客，一时半会儿是学不来的。

我随众人上坡，入殿，这个殿连着那个殿，转得我头晕。天日不见了，眼里只有酥油灯、班禅的灵塔、佛像和唐卡，都是镶金嵌银的。连脚下踩的，也是绿松石，我们是在金银财宝的堆里打着滚啊。

跟着人群走，听着寺内导游介绍，这个班禅那个班禅的，大抵一知半解着，一会儿也就忘了，——我到底不是信徒。突然从人群中听到家乡口音，回头去寻，看见两个男人，正仰头望着巨大的强巴佛像，一个问，刚刚导游说的，镶他的两眉用了多少颗钻石珍珠的？另一个答，一千四百多颗吧。先前问的那个"扑哧"笑了，说，真够奢侈的。

他们的对话，逗乐了我，我不看佛像，看他们。他们发现了，冲我笑一笑，转身去往另一个殿。我也跟着去，在他们后面跟很久，到底忍不住了，用家乡话问，你们是跟团来的吗？

两个人一听到我的家乡话，立马惊喜道，你是哪里的？

我们站在佛殿外聊天，艳艳的大丽花开在脚边。太阳已移到寺院的西边去了，照得那一边的佛堂经殿，如绚丽的唐卡似的。离开家乡上万里，我们居然在海拔三千八百多米的佛的脚下相遇，这是佛缘吧？我为这样的相遇，欢喜不已。

他们两个，是援藏的建筑工人，来这儿好几年了，一直想来扎什伦布寺看看。太宏伟了！这是他们两个对扎什伦布寺的评价。他们还要赶紧去转几个殿，一会儿得赶回去。我笑着跟他们挥手告别。这偶然的一面之交，我想，我们都能记住一辈子，时不时会想起，在心里暖着。

我独自去走幽径道，这才发现，扎什伦布寺的小径实在多，都是青石铺就。若是下雨，青石湿润，两边建筑沧桑陈旧，颇有点江南古巷的味道了。我看到两个喇嘛走过来，一老一少，他们一身的喇嘛红，映衬得两边的山墙和房屋，佛意森森。小的搀扶着老的，蹒蹒地上坡，转过一个拐角去。我一直目送着他们远去，心里不知为什么，蓄满感动。向佛的路上，也布满风雨，但有这样的搀扶，再多的坑坑洼洼，也会安然走过。

去走转寺路。路旁，全是转经筒。游人和信徒们一起，去一一拨动。我看到一个藏族老人，每转一圈，就放下一颗石子。不知道他在那里已转了几圈，他把自己转得像转经筒了。

我也去拨了拨转经筒，不为祈祷，不为超度，只为告诉它，我来过。

一只大黄猫，蹲在露台上，默默看着众人。有人去逗它，它不动。有人给它拍照，它仍不动。一脸的超脱安然。日日听禅，这猫，怕也禅定了。

拾

日喀则，藏语的意思是，水土肥美的庄园。当我双脚踩上它的土地，首先被湖光山色摄了魂，然后是成片的油菜花，成片的青稞地。它的确算得上西藏的一方宝地，在佛光普照下，一切和睦安详。

市区平均海拔3836米，城不大，袖珍着。年代却久远得很，距今已有六百多年历史，是后藏的政治、宗教等文化中心，是历代班禅的驻锡之地。

房多数不高，两三层的藏式民居，家家都挂经幡。门楣上，饰有各种图案，以动物为主。街道大多数是外省市援建的，以各省市的地名来命名。由东向西的青岛路，把日喀则城分为新旧两个城区。旧城的中心在宗山一带，向西延伸至扎什伦布寺。出名的民族手工艺品一条街就在旧城区。

我很想去民族手工艺品一条街看看，淘几款手镯，或是玉器，或是氆氇，然天色已晚，我们只能在入住的宾馆附近转转。

街上人很少，偶尔路过一两个，都是步履悠闲的。街道两边也植有树木，夜色里辨不清到底是何种树木，密密的一蓬，想着会不会是樟木或胡杨。遇到两头牛，被拴在路边的树干上。牛看见人不吭声，只那么看着，镇定得很。倒是我不镇定了，兜了一个大圈子，绕过它们去，怕它们冷不丁踢我一脚。

有人站在店门口看着我笑，大概是看到我让牛的那一幕。店门小，灯光昏黄，里面散乱地陈列着一些物品。

我们去买换洗的袜子。找到一家小店，年轻的女人在门口哄孩子，七八月大的婴儿抱在她怀中，她咿呀着，孩子跟着咿呀着，孩子在学说话呢。哪里的母亲都是这样的模样，温柔、极尽耐心。年轻的男人在整理货架，看到我们进去，他抬头看一眼，笑笑，复又低头，任由我们随便看。我们问，有袜子卖吗？男人和女人同时答，有。

我们浏览他们的货架，吃的用的，都是日常见的，跟内地任何一家小店一样，没有什么特别的。只在出门时，望见他们的店门口，也挂着一页经幡，这才让我有了异样的感觉，我是在西藏，我是在日喀则呢。

我们从原路返回。途中邂逅一串嘹亮的歌声，我着着实实吓了一跳，当即被施了魔咒似的，立在当街。那是女声合唱，高亢、清亮、质地铿锵，仿若金属，闪闪发光。我以为，歌声亦是有颜色的。

歌声是从一家店内传出来的。那应是一家手艺品店，门口有男人正就着昏黄的灯光，在锤打着什么。屋内聚着几个女人，她们是母女，是婆媳，是姐妹，还是闺密？不得而知。她们聚在那里，一天的工作完了，她们用歌声来放松，来欢娱。她们唱一会儿，停下来，笑说着什么，笑声和歌声一样高亢、清亮。不一会儿，她们又一齐唱起来，歌声古老、质朴、悠扬，充满神秘，如这座轮转了六百多年的古城。

门口的男人，对于屋内女人们的歌声大概早已习以为常，他在女人们的歌声中，不紧不慢地继续着他的锤打，头都没有抬一下。在他，这样的歌声，是打小就熟悉的吧？是融入生命里的家常。所以，他安享着一切，泰然自若。

我久久怔在那里，聆听，心里有点替女人们惋惜，这样美妙的歌声，却少有听众，有天物被暴殄的感觉。转而又想，若是有了更多的听众，这歌声怕是要失了本真，而变得俗气不堪。

幸好，没有人来打搅。她们就像羊卓雍错，就像年楚河，就像喜马拉雅山，是属于这片高原的，世世代代，活着她们的本真。

拾壹

雷声响在窗外，轰隆隆从远处滚来，又滚走。这是拉萨的夜晚。雨总是突如其来。

却不用担心白天的阳光，白天的阳光，会如约而至。

我感冒了。在高原上感冒绝不是闹着玩的，很容易引起肺气肿什么的。我身上加盖了几床被，在雷声中，出了一身的汗。

早起的天，湿漉漉的，不见一丝星光。天仿佛跑到地上来了，与大地浑然一体。我们摸黑上路，赶去纳木错。我感冒的症状没好，整个人头重脚轻的，在车上担着心，我能坚持到纳木错吗？若是我真的倒下，从此与这片高原融在一起，也算不上坏事儿。

天渐渐放亮，沿途是成片的草甸，牦牛和羊，散落其中，远望去，像黑的花朵白的花朵，天空蔚蓝。

小闫说，纳木错海拔高4718米，气温较低，大家要备好氧气和防寒的棉衣。

众人惊讶地"啊"一声，有种季节反串的感觉。但随即都纷纷跳下车，去租棉衣和购买氧气。棉衣租一件50元，氧气一小瓶60元，比在拉萨贵多了，但没人在乎这个钱，都豁出去了。

途中要翻越主峰高7117米的念青唐古拉山，这是一座将西藏分成藏北、藏南、藏东南三大区域的雪山。山口设有观景台，海拔高5231米。我穿着棉袄，在那人的搀扶下，下车，走上山口。壮观的经幡阵，迎接了我们。五色的经幡，在风中呼呼啦啦，浩浩荡荡，海洋一般，这是当地藏人为祭祀念青唐古拉山山神而设的。

风大得恨不得把人吹上天去。我站在山口，喘得不行，但还是坚持张开双臂，拥抱了美丽的雪山，拥抱了咆哮的风。你好，西藏。你好，念青唐古拉山。我这么默念着，想它是听见了。

回到车上，我就昏昏沉沉倒下。这次怕是要把小命丢在这里了，我喃喃说。那人惊悚，不一会儿就摸一下我的头，担心我会晕过去。

这么挨着，不指望自己能下车亲近纳木错，只想着，能在车内遥遥一望，我也就心满意足了。当小闫突然说，朋友们，看，纳木错到了！我一个激灵，从昏睡中醒过来，所有的不适，都丢到一边去了，我的眼里心里，只有纳木错。

那是怎样的一片湖光山色啊，梦幻般开着奇异的花朵，湖做了蓝的花蕊，雪山做了洁白的花瓣，它是一朵仙葩。

纳木错，藏语里是"天湖"的意思，恰如蓝天铺在高空中。它的东西长七十多公里，南北宽三十多公里，是世界上海拔最高的咸水湖。关于它的传说，流传颇广的是，纳木错是帝释天的女儿，是念青唐古拉的妻子。信徒们则尊其为四大威猛湖之一，传为密宗本尊胜乐金刚的道场，是藏传佛教的著名圣地。

一车一车的游人，下了草甸，扑向湖去。点缀得偌大的湖滨，更是空旷。经幡，玛尼堆，还有牵着牦牛在兜着生意的藏民。人缝里穿梭着当地小孩，伸手问游人讨要钱物。有人给，有人不给。圣地也沾染上人间烟火了。

太阳当头照，根本不像传说中的那么冷。我脱了棉袄，神奇般地能在草甸上奔跑了。蓝的天，蓝的湖，与素白的雪山辉映。远望去，连绵的高原丘陵，碧绿的草原，绕湖而生。天湖真像一面魔镜，在云彩的辉映下，变幻出不同的蓝来，一会儿浅淡，一会儿深沉。小闫说，这面湖很神奇的，天空是蓝的，它便是蓝的。天空是灰的，它便是灰的。

原来，它是看着天空的心情行事的，它是天空的孩子啊！

湖边的玛尼堆很多，有的堆得极高。这是转湖的藏民留下的。从古至今，来这里朝圣转湖的，就一直没有间断过。西藏的湖和人一样，都各有生肖，纳木错属羊。于是每逢羊年，各地的僧人和信徒，都会不远千里万里，长途跋涉而来转湖。传说在羊年转湖念经一次，胜过平时朝圣转湖念经十万次，其福无量。

我问，转一次湖要多长时间？

小闫答，十多天吧。

我看着眼前垒得高高的玛尼堆，想着，一颗小石头代表一圈。那该转多少圈，才能垒成这种信仰的高度？

对这块领土，我唯有敬畏。